*blue moon*に恋をして

目　次

blue moon に恋をして

プロローグ

抱き寄せられた瞬間に、自分もただの女でしかなかったのだと思い知る。

「……夏澄《かすみ》」

名前を呼ばないで。そんな聞いたこともないような、甘い声で……

最後の理性も、ためらいも、その声に溶けて消えそうになる。

吐息の重なる距離で見つめ合う。男の瞳に宿る情欲の輝きに、女としての本能が騒ぎ出す。

ずっと憧れだと思っていた。ただの憧れだと思っていたかった。

なのに、今この瞬間に、はっきりと自覚する。

この想いは恋だったのだと——

気づきたくなんてなかった。囚われたくなんてなかった。

近づいてくる唇を避ける術《すべ》がわからず、夏澄は泣きそうになる。

自覚したばかりの恋が、夏澄の心を惑わせた。

触れた唇の思わぬ熱さに、夏澄は震えるまま瞼《まぶた》を閉じる。

それ以外にどうすればいいのか、わからなかった。

唇に触れる吐息に、鼓動が乱れた。

普段の夏澄なら理性が止めた。

伸ばされた腕を拒んでいたはずだ。なのに、今、夏澄は男の腕の中に囚われていた。

大きな手のひらが夏澄の背中を辿る。それはひどく優しくて、ずっとこの腕の中に囚われていたいとさえ思ってしまう。

そんなことは望めるわけもないとわかっているのに。

じんわりと広がる快感に、肌がざわめく。

唇が離れた瞬間、堪《こら》えきれずに涙が流れた。

「何を泣く必要がある？　何も変わらない」

夏澄の涙を見下ろした男が、吐息の重なる距離で囁《ささや》く。

何も変わらない？　嘘つき……

きっと、あらゆるものが変わってしまう。

この夜を越えた朝。夏澄は自分のすべてが変わってしまう確信があった。

変わらないのはこの男だけ。

ずっとそばで見てきた。この何もかもを手に入れている男が、日ごと夜ごとにその恋の相手をかえて遊ぶさまを――

「夏澄」

名前を呼ばれるたび、心が恋しさに痛んだ。

でも、この男には何も見せない。

今、夏澄が感じている痛みも、明日の朝、夏澄が覚えるはずの絶望も。

絶対に見せない。この男が何も変わらないというのなら、何も変わらない自分でいよう。

秘めやかな決意を胸に、夏澄は笑う。

これは一夜限りの夢だ。流されて、溺れて、我を忘れても、これは夢。

だから、明日の朝には何もかも、跡形もなく消える。消してみせる。

恋をした男の腕の中にいるはずなのに、ひどい寂しさが夏澄の心に忍び寄る。

でもそれは夏澄だけが知っていればいい痛みだ。

蒼く輝く月が二人を照らす。

月明かりに照らされて、愛した男の綺麗な顔が見えた。

そっと指先を伸ばしてその頬に触れると、愛おしいぬくもりが夏澄を包み込む。

愛しさと寂しさの狭間で、夏澄は自分の恋の終わりを感じていた――

1　雨夜《あまよ》の月

朝一番に出社した夏澄は、今日も広がる社長室の光景に盛大にため息をつきそうになる。

朝の爽《さわ》やかな日差しが、広い社長室に差し込んでいる。窓の外には、初夏の真っ青な空と高層ビル群。実に気持ちのいい一日の始まりなのに、目の前の光景はその爽やかさを台なしにしていた。

夏澄の目の前――そこにあるのは夏澄の雇い主の執務机。

毎朝、毎朝、夏澄がきちんと片付けているというのに、今日も今日とてその執務机は派手に散らかっている。

「一体……どうしたらこんなに散らかせるのよ？」

毎日のことなのに、思わず呟きたくなってしまう。荒れきった執務机を前に、夏澄はシャツの袖をまくると、気合を入れて掃除を開始した。

嘆いてみたところで社長の散らかし癖が直るわけじゃない。

それは彼に仕えるこの五年で嫌というほど実感した。

社長曰《いわ》く、『一見散らかっているように見えても、俺なりの法則でものを配置している。ちゃんとどこに何があるかは把握している!!』とのこと。

そのわりにたまに書類やお気に入りの万年筆が見つからずに、机の上をごそごそと探している気がするのだが、指摘すると子どものように拗《す》ねるので、夏澄は大人の優しさで気づかないふりを通している。

無造作に散らばった書類を手早くまとめて、社長がわかりやすいように並べる。

文房具や小物類を手に取りやすい位置に配置し、デスクの上を片付けたら、固く絞った雑巾《ぞうきん》で、デスク、書類が収められているキャビネット、ソファや応接セット、自分のデスクの順に次々と拭いていった。

拭き掃除が終わったら最後に社長室と、その手前にある自分の秘書室に隅から隅まで丁寧に掃除機をかけて掃除は終了。

この間《かん》、約二十分。この五年間、毎日、毎日繰り返してきた日課は、目を閉じていてもできるくらいに、夏澄の体に記憶されている。

綺麗になった室内に満足して、夏澄は珈琲《コーヒー》を一杯淹《い》れると自分のデスクにつく。

人気《ひとけ》のない静かな社屋《しゃおく》に、今はきっと夏澄一人。昼間は活気に満ちるこのビルも今はほとんど人がおらず、まるで微睡《まどろみ》から目覚める寸前のような心地よい静けさが満ちていた。

この束の間の朝の静けさが夏澄は好きだった。

贅沢《ぜいたく》な時間に小さな満足感を覚えて、夏澄は微笑む。

伊藤《いとう》夏澄。もうすぐ三十歳。

仕事は、日本でも有数の複合企業体、深見《ふかみ》グループ社長の第一秘書。

見た目は『社長秘書』という華やかなイメージからはかけ離れていて、自身がモデルか俳優なみの派手な容姿をしている社長曰《いわ》く『地味！』の一言。

身長一五六センチ。胸元まで伸ばした黒髪をきっちりと一つに纏《まと》め、黒目がちの丸い瞳が可愛いと言えば可愛いという程度の平凡な容姿だ。

ローヒールのパンプスに、ベージュや紺、黒等の無難な色のスーツを身に纏う姿は清潔感や清楚《せいそ》さはあるものの、女性らしい華やかさとは無縁だった。

『もう少し身に纏うものを華やかにしろ！』と社長には言われているが、仕事をするのに華美さもセクシーさも必要ないと、右から左に聞き流している。

そもそも忙しすぎる社長の補佐をする身では、見た目よりも動きやすさが優先。目上の人に会う機会も多いから見苦しくないように整えるものの、それで精一杯。今の格好が、おしゃれが苦手な夏澄の限界だと思っている。

珈琲を飲みながらメールのチェックをしたあと、各部署から上がってきている書類、郵便物を確認し、優先順に仕分けして社長のデスクの上に並べていく。

空いたスペースに社長が定期購読している大手全国紙、経済新聞の朝刊の束も置いた。

次にその日の社長のスケジュールを確認して、必要な書類の準備やお昼の手配を済ませる。

ようやく一通りの手配と確認を終え、時間を確認すると九時十分前。

——もうこんな時間か。そろそろ……

外の様子を窺《うかが》えば案の定、廊下に人の気配を感じて夏澄は立ち上がる。次の瞬間、秘書室の扉がノックもなく開け放たれた。秘書室は、社長室の前室として設《しつ》らえられているため、社長室に行く人は皆ここを通ることになる。

夏澄は出社した社長を頭を下げて出迎える。

「おはようございます」

挨拶に応《こた》えは返ってこない。顔を上げると、夏澄の雇い主でありこの深見グループの現社長である深見良一《ふかみりょういち》は、じろりとこちらに視線だけを向け、無言のまま社長室に入っていった。

乱れた歩調と眼差しの鋭さから考えるに、今日の深見はかなり機嫌が悪そうだ。

夏澄は嘆息まじりに天井を仰ぐ。

昨日、帰る時は普通だったのだから、夜の間に何かあったとしか思えない。

確か昨夜は、最近あまり仲のうまくいってなかったモデルの彼女とデートだったはずだ。

――デート中に彼女と何か揉《も》めたかな……

「い、伊藤君……」

どうしたものかと考えていると、入り口から恐る恐るといった感じで、声をかけられた。

振り返ると、開け放たれた秘書室の入り口に、秘書室長が気弱そうな笑みを浮かべて立っている。

「室長。おはようございます」

「お、おはよう。これ、社長に届けに来たんだけどね……」

手に持った書類を振る秘書室長の顔は、かわいそうなほどに引きつっていた。

不機嫌な深見に廊下で遭遇して、その怒気に当てられたのだろう。

「ありがとうございます。今日の重役会議の資料ですか?」

「そう……。そうなんだが……」

夏澄は努めて何でもない顔で室長に歩み寄る。

「社長は、とても怒ってるみたいだったけど、何かあったのかね？」

資料を受け取った夏澄に、室長が声を潜《ひそ》めて、質問してくる。

「さぁ？　どうでしょう？」

夏澄は肩を竦《すく》めた。

まさか、彼女とのデートが失敗したみたいですとは言えない。

「伊藤君……大丈夫なのかね？」

「何がですか？」

「あんな社長と一緒にいて、怖くないのかね？」

「慣れてますから」

「さすが、深見グループの猛獣使《もうじゅうつか》い」

さらりと答える夏澄に、室長が尊敬の眼差しを向けてくる。不名誉なあだ名で呼ばれ、夏澄はがっくりと肩を落とした。

「そのあだ名、いい加減やめてください……私は別に猛獣使いでも何でもありません」

「いやだって、伊藤君くらいのものだよ？　あの不機嫌そうな社長に平然と対応できるうえに、機嫌を直せるのは!!　僕、情けないけど、あんな恐ろしい顔をした社長に話しかけるなんてできないよ！」

「そんなことありませんよ」

拳《こぶし》を握って力説され、夏澄は苦笑せずにはいられない。

深見良一。今年三十五歳。経済界の若き帝王と呼ばれ、強烈なカリスマ性を持った経営者として世に知られている彼は、祖父が興《おこ》した建設会社を現在の複合企業体にまで発展させた。

様々な分野の企業を戦略的事業投資によって次々に傘下《さんか》におさめ、不況が叫ばれて長い昨今も順調に業績を伸ばしている。

しかも深見は仕事ができるだけなく、一人の男としても魅力に溢《あふ》れていた。

一八七センチの長身に逞《たくま》しい体つき。少し癖のある黒髪を後ろに軽く撫で付けており、目鼻立ちのはっきりとした彫りの深い顔立ちは、女が放っておかない色気を宿している。

圧倒的なカリスマ性と強烈な存在感を持つこの男は、当然のようにいつも複数の女性たちに囲まれ、日ごと夜ごと恋人をかえて派手に遊んでいた。

お金、地位、名声、容姿、才能、そして美しく華やかな恋人たち。人が羨《うらや》むものすべてを手に入れた嫌味な男。それが夏澄の雇い主だった。

普段の彼は、どちらかといえば鷹揚《おうよう》で快活な性格をしているのだが、時に不機嫌なオーラを纏《まと》っていることがある。大企業の経営者としてのストレスや、恋人たちとの大小取り混ぜたトラブルなど、理由はその時によってさまざまだが、カリスマ経営者といえど人間。ストレスがたまることも、機嫌が悪くなることもあるだろう。

機嫌が悪いといってもせいぜい目つきが少し悪くなり、足音が乱れるくらいで、人に八つ当たりをするとか、あからさまに不機嫌な顔を見せるというわけではないのだが、顔が端整で存在感があるだけに威圧感が凄《すさ》まじいのだ。おかげで周囲の人間はその威圧感に圧倒されて、声をかけることはおろか、傍に近寄ることすらできなくなる。

社長秘書に抜擢《ばってき》された当時は、夏澄も不機嫌な時の威圧感にびくびくと怯《おび》えていたものだが、深見が不機嫌さを全開で見せるのは、気を許した人間の前だけだと気づいてからはあまり怖くなくなった。夏澄に対しては時に癇癪《かんしゃく》を起こすこともあるが、二人でいる社長室の中でくらい素の感情を出してもらって構わないし、それだけ自分があの帝王に信頼されていると思えば嬉しくもあった。

それに、あとで自分の態度を省《かえり》みて、深見が反省しているのも知っている。

普段は本当に俺様のくせに、そういったところが深見の可愛いところだと夏澄は思うが、室長や他の秘書仲間はやはり不機嫌な時の深見が怖いらしい。

そんな不機嫌な深見に平然と対応し、時に諫《いさ》め、宥《なだ》めることもする夏澄は、気づけば深見グループの猛獣使いというあだ名がついてしまった。

「十時からの重役会議までに、社長の機嫌はなんとかなるかね？」

「どうでしょう？　やれるだけはやってみますが……」

「伊藤君!!　そんな気弱なことを言わないでくれ!!　社長の機嫌は君にかかってる!!　どうか、十時までに社長の機嫌を直してくれ!!　頼む!!」

「わ、わかりました……」

自分の父親と同世代の室長に手を握らんばかりに懇願されて、夏澄は思わず一歩後ろに下がって頷く。

「頼む！　頼むよ!!　うちの社運は、君にかかってるんだからね!!」

そんな大げさなとは思うが、室長たちにとっては切実な問題なのだろう。

最後まで「どうか頼むよ!!　ガンバってくれ!!」と夏澄に発破《はっぱ》をかける室長を苦笑しながら見送ったあと、預かった書類を机の上に置き、気持ちを切り替える。

「さて、と」

気合を入れ直すと、夏澄は秘書室の隅に併設されている小さなキッチンで、深見のために珈琲《コーヒー》を淹《い》れる準備をする。

出社して一番に深見が求めるのは、美味しい珈琲。

この一杯が気に入らなければ、途端にテンションが下がるため注意が必要だが、この珈琲をうまく淹れられればそれだけで機嫌が直ることもある。

だから、夏澄はこの朝の一杯に非常に気を使っていた。

不機嫌な深見が今日の朝刊を確認し、気持ちを整理するまでの時間を見計らいつつ、夏澄はネルドリップで丁寧に珈琲を淹れた。

不機嫌な時は甘い物を欲しがる深見のために、マドレーヌを二つほど添える。

時間を確認すれば、深見が社長室に入って十五分ほどが経っていた。

ちょうどいい頃合だ。そろそろ深見の頭も少しは冷えているだろう。

夏澄はトレイに珈琲とマドレーヌをセットして社長室に向かった。

扉をノックすると短く不機嫌な低音で「入れ」と応《こた》えが返る。

「失礼します。珈琲をお持ちしました」

入室し声をかけると、書類から顔を上げた深見が険しい眼差しでこちらを睨《にら》みつけてきた。

――まだ少し早かったかしら？

いまだ不機嫌さ全開の深見に夏澄がそう思った時、彼の眉間に寄せられた皺《しわ》が、トレイの上に置かれたマドレーヌを認めて少し緩《ゆる》む。

――大丈夫そうね……

かすかに和《やわ》らいだ深見の表情を確認して、夏澄はいつもの秘書の顔の下に苦笑を隠し、トレイを持って深見のもとへ向かう。

差し出したマドレーヌと珈琲を受け取った深見が、無言のまま珈琲に口を付けた。

――ある意味、この瞬間が一日の中で一番緊張するかも……

珈琲を飲む深見の様子をそっと窺《うかが》いながら、夏澄は広げたままになっている新聞をきれいに畳んでいく。

カップ半分ほど珈琲を飲んだ深見が大きく息をつき、「すまん」と一言呟いた。

先ほどまで深見が纏《まと》っていた不機嫌オーラがかなり穏やかなものになったことを確認した夏澄は、今日も自分が深見を満足させられる珈琲を淹れられたことにホッとする。

そして、こちらの様子を窺うように見る深見に、何も言わずに微笑んだ。

自分の態度を反省している深見に、追い打ちをかけるつもりはない。

「うちの秘書殿は優秀だな。俺の機嫌の取り方をよく知っている」

深見はため息まじりにそう言うと、マドレーヌに手を伸ばし、かぶりついた。大好物にようやく頭が冷えたのか、深見の雰囲気がいつもどおりのものに戻る。

マドレーヌを一つ食べ終えた深見がぼそりと「聞かないのか？」と尋ねてきた。

「何をですか？」

何を聞かれているのかわかっていて、あえて静かに問い返せば、深見が再び小さくため息をつく。

「俺が不機嫌だった理由」

そんなこと聞くまでもない。

深見の行動・思考パターンは、彼の第一秘書として働いてきたこの五年でよくわかっているつもりだ。

昨日、深見がデートしていた相手は、モデルをしているだけあって容姿はとても美しかったが、まだ二十代前半と若いせいかプライドが高く、わがままなところがあった。

最初のうちは、彼女のわがままに付き合っていた深見も、度重なるそれに限界を超えたのだろう。

もしくは深見がもっとも嫌う呪文を唱えたか。

結婚——

その一言を、一瞬でも匂わせると、途端に深見は手のひらを返す。

誰にも囚われたくないこの若き帝王は、束縛を象徴するこの呪文を何よりも嫌っているのだ。

若く自信に溢《あふ》れていた彼女は、自分であれば大丈夫と思い、その呪文を使ってしまったのかもしれない。

どちらにしろ、深見の不機嫌の原因は、考えるまでもなく昨夜の彼女とのデート。

しかし、珍しいこともあるものだ。女性関係の愚痴を夏澄に言おうとするなんて……

来る者は拒まず、去る者は追わずの典型的なプレイボーイである深見だ。関係が終わった女には拘《こだわ》らないし、愚痴を言うような男でもない。興味がなくなったものに対しては、いっそ見事なまでに関わろうとはしない。

それまで散々甘やかされてきた女たちは、その呪文を唱えた途端に変わる深見の態度に、うろたえて必死にとりなそうとするが、深見はそれまでの態度が嘘のように冷ややかで、取り付く島もない。そして、二度と自分には近寄らせないようにしてしまうのだ。

おかげで、そのしわ寄せはすべて夏澄に回ってきた。

過去どれだけ深見の女性関係のトラブルに巻き込まれ、後処理《あとしょり》に手を焼かされたかわからない。

――とはいえ……

女性と揉《も》めたあと、こんな気弱そうな深見の姿など見たことがなかった。

「体調でも悪いんですか？」

思わずそう問いかければ、深見の眉間に深い皺《しわ》が寄る。

「どういう意味だ？」

「言葉どおりの意味です。そんなことを私に聞かれるなんて、よほどお疲れなのかと思いまして」

睨《にら》みつけられて、一瞬、怯《ひる》みそうになるが、何事もなかったように平然と答える。

必要とあれば愚痴でもなんでも付き合うが、こと恋愛関係において夏澄が深見にアドバイスできることなんて何もない。それは深見もわかっているだろうに……

真顔で問い返した夏澄に、深見がむっつりと黙り込んだ。

束の間の沈黙が二人の間に落ちる。

深見も自分がらしくないことを言ったと自覚したようだった。

「いや、いい……もう終わったことだった。忘れてくれ」

嘆息まじりにそう言うと、深見は気持ちを切り替えるように残りの珈琲《コーヒー》を飲み干した。

「わかりました」

答えた夏澄は、深見が自分の顔をじっと見ていることに気づく。

「社長……？」

夏澄の呼びかけに、深見は我に返ったように視線をそらした。

「すまん、女の代わりはいくらでもいるが、優秀な秘書殿の代わりはそうそういないなと思って……」

「何ですか突然？」

いきなりの誉め言葉に喜びよりも不審が先立ってしまい、夏澄の眉間に皺《しわ》が寄る。

「さあ、何だろうな？　まあいい、伊藤。今日の予定は？」

一人何かを納得した様子の深見が話題を変えてくるのを訝《いぶか》しく思いつつも、夏澄もいつもどおりに淡々と今日のスケジュールを告げていく。

そのまま打ち合わせをして多少のスケジュール変更をした夏澄がカップとトレイを下げようとした時、「伊藤」と名前を呼ばれた。

「はい？」

「明日の午後七時から、何か予定は入っていたか？」

問われて夏澄は明日のスケジュールを確認する。

「明日の七時でしたらMN産業の営業部長が会食を希望されていますが？」

「ああ。そうだったか。悪いがその会食はキャンセルして、七時からの時間を空けてくれ。MNの部長との会食は……今週中のどこかで調整してくれ」

「かしこまりました。では明日の七時からの予定はどういたしますか？」

「いつものところを二名で予約しておいてくれ」

告げられたのは六本木にあるフレンチレストラン。さらに、二十代女性に人気のブランドのネックレスと花束の手配を依頼されて、ああ、デートかと思う。

あそこのレストランを使用するということは、最近予定の合わなかった六本木のホステスの同伴だろうとあたりをつける。下手なものを手配すると彼女から嫌味が飛んでくるから面倒だと内心でため息をつきながら、夏澄は頭の中で素早く段取りを考えていく。

「ああ、花で思い出した。レイカの舞台が今週で千秋楽《せんしゅうらく》を迎えるはずだ。花の手配はどうなってる？」

本当についでに思い出したように、ここ一年ほど付き合いのある中堅女優への手配を確認される。

「すでに社長のお名前で、レイカ様のお好きな薔薇の花を百本当日に届くよう手配してあります」

「そうか、わかった」

その後も次から次に、女性たちとのデート場所の予約と、プレゼントの手配を依頼される。

間違わないようにメモを取りながら、夏澄はあきれた気持ちが湧き上がってくるのを堪《こら》えられなかった。

——さっきまでの態度はなんだったのかしら。心配して損した……

内心で毒づきながらも、体調不良ではなさそうなことにホッとした。

秘書室に戻ってカップやトレイ、珈琲《コーヒー》を淹《い》れるのに使ったネルの後片付けをする。その後、夏澄は、自分のデスクに座り、プレゼントのリストを改めて見てため息をついた。

——本当にお盛んなことで……

こうして深見にデートやプレゼントの手配を頼まれるのは初めてじゃない。

これも秘書の仕事と割り切ってはいるが、常に複数いる深見の恋人たちの性格や好みを把握し、それぞれのプレゼントが被らないように配慮しつつ、デートに間に合わせて用意するのは本当に骨が折れる。クリスマスシーズンなんて毎年地獄だ。クリスマスに浮かれた幸せそうなカップルや家族連れで賑《にぎ》わう街中を、彼女たちにプレゼントを届けるために走り回る羽目になる。しかも、せっかくプレゼントを届けてもお礼を言われるわけでもない。それどころか、クリスマスに深見と会えなかった彼女たちから嫌みや文句が飛んでくるのだ。当の深見はその年一番お気に入りの恋人とホテルやレストランでデートを楽しんでいるのだから、やってられないなんてものではない。

深見に文句を言ったところで、あの悪行が改善するとは全く思えない。むしろ文句を言ったら、面白がって余計に事態をややこしくすることは、目に見えている。どうせ数か月、長くて一年で彼女たちは入れ替わるのだ。

いらぬ口出しをしないのが一番波風が立たないと、最近はもう悟りの境地で彼女たちの嫌味や文句を聞き流している。

だが、時々、不思議になる。

いくら顔が良くてお金持ちであっても、あんな女癖の悪い男のどこがいいのだろう？

『誰にも囚われないあの自由な傲慢《ごうまん》さが、あの人の最高の魅力なのよ』とは、かつての彼の恋人が言った言葉ではあるが、夏澄にはその魅力がさっぱり理解できそうにない。

これまで一度も憧れめいた恋心を抱いたことがなかったとは言わないが、間近で深見の女癖の悪さをずっと見続けてきたせいで、そんなものはきれいさっぱりと吹き飛んだ。

容姿や地位が魅力的な男であることは理解しているし、経営者としての手腕も、仕事に向き合う姿勢も尊敬している。しかし、仕事ならともかく、恋愛では絶対にあんな危ない男は選ばない。

それに、年がら年中、深見の恋愛沙汰をすぐ傍で見せつけられてきたせいか、恋愛ごとはお腹いっぱい、もうたくさんと思っている。

もともと夏澄は恋愛には奥手で、大学の頃に付き合った人もいるにはいるが、それは本当にままごとみたいな恋愛だった。結局キスを二、三回したところで、先輩だった彼の就職を機に自然消滅してしまったような経験しかない。

だいたい今は仕事が面白くて、恋愛に興味は持てそうになかった。

経営者としての深見は夏澄にとって憧れだ。次々に新しい発想でもって事業を成功させていく手腕も、その着眼点の確かさも学ぶことは多い。

何か新しいことを思いつくたび、子どものように目をキラキラと輝かせて、全力で走り回る。そんな男の背中を追いかけるだけで、今の夏澄は精一杯。よそ見なんてしている暇はなかった。

何だかんだと言いながらも、夏澄も深見の魅力に取り憑《つ》かれた人間の一人なのだ。

なのにどうしてだろう？　最近、慣れて何も感じなくなったはずのこの仕事に憂鬱《ゆううつ》さを感じるのは……

思わず零《こぼ》れそうなため息を堪《こら》えて、プレゼントのリストを眺める。

「……この女癖の悪さがなければ、本当に尊敬できる上司なんだけどね」

プレゼントのリストを指先で弾きながらぼそりとそう呟く。

「ほぉー。面白いことを言ってるな。それはどこの誰の上司のことだ？」

手元のリストがパシッと軽い音を立てると同時に、低く艶《つや》のある声が聞こえ、夏澄はぎょっとして顔を上げた。

――げっ、社長。何で……？

「しゃ、社長……」

社長室の扉の前に立ち、なぜか楽しげにこちらを見ている深見と目が合って、夏澄の背中に冷や汗が流れる。

「で、どこの誰の女癖がなければ尊敬できる上司なんだ？」

にやりと笑みを深めて、深見が夏澄のデスクの前まで歩いてくる。その追及に、夏澄は顔が引きつりそうになった。

「何のことでしょう？」

慌ててプレゼントの一覧が書かれているシステム手帳を隠し、夏澄は空々《そらぞら》しい笑みを顔に張り付けてすっとぼけた。

「先ほど、うちの秘書殿がずいぶん興味深いことを呟いていたんだ。ぜひとも誰のことを言っていたのか教えてほしいのだが？」

顔を覗き込んできた深見に、夏澄は顎《あご》を引き、少しでも距離を取ろうと背をのけ反らせる。

さすがに本人に面と向かって、あなたの女癖の悪さに呆れてますと言う度胸はない。

「何のことかさっぱりわかりません」

「ふーん？　じゃあ、さっき聞こえたと思ったあれは、俺の空耳か？」

――今日はやけに絡んでくるわね。

やっぱり昨日の彼女と何かあったんだろうなと思うが、そのはけ口をこちらに持ってこられたらたまらない。誰も聞いてないと油断して不用意なことを呟いた夏澄も悪いのだが、八つ当たりまじりに玩具《おもちゃ》にされるのは御免《ごめん》だ。

「最近、お忙しかったのでお疲れなんじゃないですか？　少しスケジュールを調整しましょうか？」

なんならデートのスケジュールを減らしましょうか？　と目に力を込めて、にっこりと告げる。

深見の瞳がわずかに眇《すが》められ圧迫感が増すが、夏澄も負けじと微笑みを浮かべたままに睨《にら》み返した。ここで一歩でも引いてしまえば、問い詰められた挙句に無理難題を吹っ掛けられる。それがわかっている以上、絶対に引くわけにはいかなかった。

しばし、無言のまま二人で睨み合う。

「いい度胸だな……伊藤？」

先に沈黙を破ったのは深見だった。

「何のことかわかりませんと先ほどから申し上げています」

あくまですっとぼける夏澄に、深見が大げさに肩を竦《すく》めた。

二人の間にあった緊張感が緩《ゆる》む。

「まぁ、いいだろう。今回は朝の件があるから見逃してやろう」

珍しく深見のほうから引いてくれた。

「精力的な社長にお仕えできて、私もうれしいです。スケジュールは先ほど確認したままで大丈夫そうですね」

深見が呆れたような視線を向けてくるが、夏澄は張り付けた笑みの圧力で押し通す。

「……たまに思うが、うちの秘書殿ほど強情で、強気な人間もいないんじゃないか？」

「お褒めにあずかり光栄です」

皮肉に礼を返すと、深見がわざとらしくため息をついた。夏澄はそれには気づかなかったふりで、さっさと話題を変えることにした。

「そんなことより社長。何か用があったんじゃないですか？」

「ああ、そうだった。来週の会議に間に合うようにこの資料をデータ化してまとめておいてくれ」

「わかりました」

差し出された付箋《ふせん》だらけの資料を夏澄は受け取る。

「頼む。それと珈琲《コーヒー》のおかわりを」

「はい」

それだけ言うと深見は社長室に戻っていった。

その背中を見送った夏澄は「助かった～！」と安堵の息を吐きながら、珈琲のおかわりを淹《い》れるために立ち上がる。そして、くすりと小さく笑った。

資料と珈琲はきっと口実。いつもなら内線で済ませるような用事のために、わざわざ顔を出したのは、きっと朝の自分の態度を省《かえり》みた結果だろう。

こんなところがあの帝王の憎めないところだと夏澄は思う。

ましてや、深見がそういう素の自分を見せるのは本当に気を許した人間だけと知っているから余計にそう感じるのかもしれない。

――さて、あのわがままだけど憎めない社長のために、美味しい珈琲を淹れてくるか……

キッチンに向かう夏澄の足取りは、朝一番と違ってどこか軽やかだった。

†

「伊藤、次の予定は？」

「早川《はやかわ》社長のところの創立記念パーティーです」

無事に商談をまとめ、社用車に乗り込むなり飛んできた深見の問いに、夏澄は即座に答える。

「そうか、わかった。パーティーに顔を出したあとは社に戻って、中国支社の状況を確認したい」

「わかりました。手配しておきます」

商談に、会議、出張、各種フォーラムへの参加と、深見の予定は分刻み。休みを取る暇などないほどにスケジュールは真っ黒に埋め尽くされている。

せめて移動の間だけでも休んでほしいと思うのだが、深見は今もモバイルパソコンを開いて市場の調査や上がってくる連絡に次々と対応し指示を飛ばしている。深見の指示がひと段落した頃にはパーティー会場であるホテルに到着していた。

息つく暇もなく会場に入った深見を、すぐさま人々が取り囲む。一緒に会場に入った夏澄は邪魔にならないように、壁際に下がって深見の様子を見守る。

こういう場所に来ると、深見はやはり特別な人間なのだと思わずにはいられなかった。

どんな集団の中にいようと、深見は目立つ。容姿が整っているのはもちろんだが、自然と人を惹きつける何かが、深見にはあるのだ。

今も会場中の注目を一身に集めている。一言でも深見と言葉を交わそうと、人がどんどんと集まってきていた。

大勢の人間の中心で鷹揚《おうよう》に対応する深見は、まさしく王者の風格を纏《まと》っていた。

——うちの社長はやっぱりすごい人でしょう？

そんな風に周囲の人間に自慢したくなっている自分に気づいて夏澄は苦笑する。

夏澄が自慢しなくても、深見のすごさは皆が知っているというのに……。

——何を考えてるんだか……今日は移動が多かったから少し疲れてるのかしら？

夏澄以上の仕事量をこなしている深見は平然としているのに……まだまだ力不足な自分に、夏澄は気を引き締める。

「恋する女の子の瞳じゃな」

「え!?」

不意に背後から耳元に囁《ささや》きかけられて、夏澄は驚きに声を上げた。耳を押さえて振り向くと、六十代くらいのロマンスグレーの紳士と三十代後半くらいの一目で秘書とわかる男性の二人連れが立っていた。

「会長！　戸田《とだ》さん！」

よく見知った二人連れに、夏澄の表情が緩《ゆる》む。

夏澄に声をかけてきたのは深見の父親——深見孝之《たかゆき》とその秘書の戸田だった。

孝之は今でこそ仕事を息子である深見に譲り、第一線から退《しりぞ》いているが、かつては父親から受け継いだ建設業を発展させ、今の複合企業体の礎《いしずえ》を作り上げた人物で、夏澄の元雇い主だった。今は、グループの会長職に就く傍ら、趣味の会社をいくつか経営している。深見に負けず劣らず元気に走り回っているため、会うのは数か月ぶりだった。

「久しぶりじゃな！　夏澄ちゃん。元気にしていたか？」

軽く手を上げてあいさつしてくる孝之に、夏澄も笑顔で頭を下げる。

「はい。ご無沙汰して申し訳ありません。会長もお元気そうで何よりです」

「夏澄ちゃんの観察眼もまだまだだな。わしは全然元気じゃないぞ？　実はな……」

途中で言葉を切って、内緒話をするために近寄るように指示される。夏澄は何か病気でもしているのかと心配しながら孝之に耳を近づけた。

「可愛い夏澄ちゃんを手放して、むさ苦しい男の秘書一人に絞ったもんだから、毎日、毎日花がなくて元気が出んのだ」

「会長……」

真面目な顔をしてそんなこと言う孝之に、夏澄は思わず笑い出す。

「笑い事じゃなく大変なんだぞ？　戸田は鬼のようにこの老体に仕事を押し付けてくるんだから」

「むさ苦しくて鬼のような秘書で申し訳ありませんでしたね」

孝之の背後にいた戸田が、冷たい声音で二人の会話に割って入った。

「何だ？　戸田！　わしと夏澄ちゃんの内緒話を盗み聞きか!?」

「聞こえるように言ったくせに何言ってるんですか。しかし、今日、伊藤君の顔を見てお元気になったようなので、明日からもっと仕事の量を増やしても大丈夫ですね」

大げさなリアクションで文句を言う孝之に、戸田は冷たい一瞥《いちべつ》を向け、ずけずけと切って捨てた。

「鬼か？　やっぱりお前は鬼なのか？」

「それだけ騒ぐ元気があれば、仕事量を今の二倍にしても問題ないでしょう」

「ほらな！　夏澄ちゃん、見てくれ!!　この鬼の所業を!!」

目の前で繰り広げられる二人のやり取りに、夏澄は懐かしさと慕《した》わしさを覚えた。

就職したばかりの頃、夏澄は当時社長だった孝之の秘書を務めていた。今のように第一秘書だったわけではなく、大勢いる秘書の中の一人だったが、孝之には可愛がってもらった。そして、当時から孝之の第一秘書だった戸田には秘書のイロハのすべてを叩き込まれた。今、曲がりなりにも夏澄が深見の第一秘書を務めることができているのは、この二人の教育のおかげだといっても過言ではない。

「戸田さんもご無沙汰をしております」

「伊藤君も元気そうで何よりだ。活躍は耳にしている。愛弟子《まなでし》の評判に私も鼻が高いよ」

夏澄が挨拶をすると、戸田もそれまで孝之に向けていた鬼秘書の顔ではなく、目元を緩《ゆる》めて微笑んだ。

「ありがとうございます。まだまだ戸田さんの足元にも及びませんが、精一杯務めさせていただいています」

お世辞も追従《ついしょう》も決して言わないかつての厳しい上司からストレートな褒め言葉をもらい、夏澄は喜びに頬が熱くなるのを感じた。

「こら！　戸田！　わしを無視して夏澄ちゃんといい雰囲気を作るな!!　浮気していたと嫁に言い

つけるぞ!!」

微笑み合う戸田と夏澄の間に孝之が割り込む。

「何を馬鹿なこと言ってるんですか……麗《うるわ》しい師弟愛を邪《よこしま》な目で見ないでください。さぁ、伊藤君に会うこともできたし、さっさと早川社長のところに挨拶に行きますよ」

「いやだ。もう少し夏澄ちゃんと話がしたい！」

「子どもじゃないんですから、駄々をこねないでください。伊藤君。またあとで時間があれば……」

「はい」

「こら！　戸田!!　わしは曲がりなりにもお前の雇い主だぞ!?　襟首《えりくび》をつかんで引きずるな!!」

「だったら、ご自分で歩いてくださいよ！」

戸田に引きずられるようにして歩き出した孝之が「夏澄ちゃん、またあとでなー！」と元気に手を振ってくれる。夏澄はくすくすと笑いながらそれを見送った。

嵐のように騒がしかった二人が去ったあと、夏澄は先ほど言われた『恋する女の子の瞳』という言葉の意味を聞き忘れていたことに気づく。

――恋？　私が……？　誰に？

一瞬、深見の顔が脳裏に思い浮かんでぎょっとする。

――ないない！　それだけは絶対にない!!

ありえない!!　とぱっぱっと手を振って追い払う。

――やだ……今日は忙しかったから、本当に疲れてるのかも？　帰ったら、お風呂に入ってゆっくりしよう。

深見のことが思い浮かんだのは疲れによる気の迷いだと断じ、夏澄は今の考えをさっさと忘れることにする。

だいたい、孝之は他人の恋バナが大好きなのだ。誰かに恋をしていなくても、やり手婆《ばばあ》のごとく仲人《なこうど》するくらいのことはやりかねない。

孝之は縁結びの名人として一部には非常に有名だった。この二人が合うと直感で思ったら、あの手この手で、どんなことをしてでも二人を結びつけてしまう。

だが、孝之の仲人はその成功率もさることながら、その方法も大変破天荒《はてんこう》だと評判だ。夏澄も、孝之の仲人でうまくいったカップルはたくさん知っているが、その過程における無茶ぶりをも噂で聞いている身としては、自分が仲人されるのはご遠慮申し上げたい。

——余計なことを聞かなくて正解だったかも？　きっとあれは会長のいつもの挨拶。馬鹿なこと考えてないで、仕事、仕事……

気を取り直して、深見はどうしているかと会場内に視線を巡らせると、彼は相変わらず人に囲まれていた。

深見が何か冗談を言ったのか、彼を囲む人垣がどっと笑いに包まれる。その瞬間、深見が眉間に皺《しわ》を寄せたことに夏澄は気づいた。

一瞬の出来事だったので、周囲の人々がそれに気づいた様子はない。深見もすぐにいつもの営業スマイルを浮かべて周囲と談笑を続けたが、夏澄は深見から目を離さなかった。

そうして、しばらくの間、注意深く深見の様子を観察していた夏澄は、一つの確信を持つと時間を確認して、会場を抜け出した。

「伊藤！　どこに行っていた？」

いくつかの手配を済ませた夏澄が会場に戻ると、すぐさま深見が歩み寄ってきた。一通りの顔つなぎや挨拶は終わったのだろう。

「申し訳ありません。フロントで部屋の手配をしていました」

「部屋？」

深見が怪訝《けげん》そうにこちらを見やったあと、にやりと笑って夏澄の顔を覗き込んでくる。

「明日は槍《やり》でも降って俺は死ぬのか？　堅物《かたぶつ》の秘書殿からお誘いを受けるなんて……もちろん喜んでそのお誘いは受けるが？」

艶《つや》のある低音でからかいまじりに囁《ささや》きを落とされて、呆れるより先に、夏澄は安堵を覚えた。

——こんな軽口を言えるのならまだ大丈夫ね……

「ええ、お誘いです。このあとの予定はすべてキャンセルしたので、お付き合い願えますか？」

にこりと微笑み、そう返せば、深見が驚きに目を瞠《みは》った。

「部屋にいつもの鎮痛剤を用意してもらっています。少しお休みください」

驚いたようにひょいとその整った眉を跳ね上げた深見が、大きく息を吐き出した。

「うちの有能な秘書殿は、なんでもお見通しか……」

その言葉に、夏澄は自分の予想が間違っていなかったことを知る。

近くで見ると、深見の顔色が朝よりも青くなっている。周りで湧き上がる笑い声に反応して、眉間にほんのわずかに寄った皺《しわ》。それは寝不足の深見が時折起こす偏頭痛《へんずつう》の前触れだった。

深見は自己管理がしっかりしているように見えて、仕事に没頭すると、睡眠や食事がすぐにおろそかになる。そうして、睡眠不足になり偏頭痛を起こしてしまうのだ。周囲が気づかなければ倒れるまで我慢してしまうため、夏澄は気づいた時点で強制的に休ませることにしていた。

「お付き合いいただけますか？」

「喜んで……というか、俺に拒否権はないんだろう？」

「ええ。行きましょう」

夏澄と深見は目立たないように会場を出ると、部屋に向かうためエレベーターに乗り込んだ。他に客の姿はなく、エレベーターの中は夏澄と深見の二人きりだ。周囲の視線がなくなった途端、深見が顔をしかめてこめかみを揉んだ。気が緩《ゆる》んで頭痛がひどくなってきたのだろう。

「大丈夫ですか？」

「ああ、大丈夫だ。これくらいなら鎮痛剤を飲まずに少し寝れば治ると思う。悪かったな」

「いいえ。社長のスケジュールを管理しきれなかった私の責任です」

夏澄は短く首を振る。最近、深見が新規プロジェクトの立ち上げに夢中になっていることに気づいていたのに、頭痛を起こす前に休ませることができなかった自分に落ち込んでいた。

「そんな顔をするな。スケジュールに関しては俺のわがままだ。それに普段は大人しい秘書殿を怒鳴らせるほど頭痛はひどくないぞ？」

「社長……」

今思えば赤面ものの恥ずかしい過去を思い出させる深見の言葉に、夏澄は思わず顔をしかめた。

「できればもうあのことは忘れてください……」

「それはできない相談だな。伊藤のあの雄姿《ゆうし》は今も瞼《まぶた》に焼き付いている。一生忘れることはないな」

愉快そうにからかってくる深見に、夏澄は「もう、本当にやめてください……」と小さく呟くことしかできなかった。

五年前――それはまだ二人が一緒に仕事を始めたばかりのころのことだ。仕事のしすぎで体調を崩した深見を夏澄は怒鳴りつけた上に、説教したことがあった。

『お茶くみくらいしかできない秘書ですが、わかることはあります。今、社長に必要なのは休養です！　寝不足の頭ではいい考えも浮かびません。そんな真っ青な顔で人に八つ当たりする暇があるなら、寝てください！』

いくら必死だったとはいえ、体調が悪かった深見を怒鳴りつけた自分の所業はあり得なかったと思うし、できれば消してしまいたい過去だ。

だが、深見はこのエピソードが気に入っているのか、ことあるごとに話題にして夏澄をからかってくる。

「あの時は本当に生意気なことを言いました。申し訳ありません」

「謝るな。あの時、伊藤に怒鳴りつけられたからこそ、今の俺がある。おかげで他の奴らともちゃんと向き合えるようになったんだ。感謝しているんだから、謝られるとこっちが困る」

「社長……」

深見から不意にもらった感謝の言葉に、夏澄の鼓動がどうしようもなく高鳴った。動揺を深見に悟られたくなくて、俯《うつむ》く。

ちょうど目的の階に到着し、深見と夏澄はエレベーターを一緒に降りた。

「伊藤。部屋はどこだ？」

「こちらです」

深見の前を歩き部屋まで誘導しながら、夏澄は乱れた鼓動を落ち着かせようと、静かに息を吐き出した。

——あの出来事を社長があんな風に思っていたなんて知らなかった。

少しは自分もこの帝王の役に立つことがあったのだと思うと、自然と心が浮き立った。

ゆっくりと休めるようにと、部屋はセミスイートを取っていた。

部屋に辿り着くと、夏澄は深見の背後に回り、上着を脱ぐのを手伝う。受け取った上着は皺《しわ》ができないようにハンガーにかけてクローゼットに片付けた。

一人掛けのソファに座った深見はひじ掛けに片肘をついて、深く息を吐き出す。

億劫《おっくう》そうにネクタイを緩《ゆる》める仕草に、何故か視線が吸い寄せられた。

ワイシャツのボタンが一つ、二つと外される。覗いた首元にどきりとした。端整な顔に疲れを滲《にじ》ませる深見。見慣れたはずのその光景から視線が外せない自分に、夏澄は戸惑いを覚える。

疲れた男の表情に色気を感じていた。

先ほど孝之に恋と言われて深見を思い浮かべたことと相まって、自分のそんな心の動きに妙な焦《あせ》りを覚える。

――やっぱり、今日はいつもより疲れてるみたい。まあ、社長でさえ疲れを隠せないのだから、私が疲れていてもおかしくないか……

無理やり自分をそう納得させて、夏澄は深見から視線を逸らした。

「何か飲まれますか？」

「……頼めるか？」

「はい。ちょっとお待ちください」

部屋に備え付けられていたポットでお湯を沸かし、熱いほうじ茶を淹《い》れる。

「社長。どうぞ、お茶です」

「ああ、すまない」

深見がお茶を飲んで一息ついている間に、夏澄はポットを持って洗面所に向かった。

浴室に備えられていたフェイスタオルにポットのお湯をかけて、熱いうちにタオルを絞る。手のひらが、湯の熱さに赤くなったが、夏澄は構わずにタオルに水気がなくなるまで固く絞った。

部屋に戻ると、熱いタオルを深見に手渡す。

「社長。これ使ってください。疲れている時は目元を温めると楽になりますから」

「わかった。やってみる……」

深見は夏澄に言われるまま、熱いタオルを目元にあてて温め始めた。

「あー、いいなこれ。仕事帰りの居酒屋で、サラリーマンがおしぼりで顔を拭く気持ちがわかるな……」

リラックスした声で深見はそんなことを呟いた。

「鎮痛剤はどうされますか？」

「いや、これで大分楽になったから大丈夫だ……」

「わかりました。落ち着いたら寝室でちゃんと休んでください」

「……ん。わかった」

しばらくソファで目元を温めたあと、深見はぬるくなったタオルを手にして立ち上がった。

「三時間したら、一度起こしてくれ」

「はい。私はこちらの部屋にいますので、何かあればお声をおかけください」

「すまん……」

頷くと深見は夏澄にタオルを手渡して、寝室に入っていった。リビングルームから寝室の様子を窺《うかが》う。しばらくは寝室のほうで物音がしていたが、やがて静かになった。

カップやタオルを片付け、さらに十分ほど待ってから、夏澄は深見の様子を確認するため、そっと寝室に入った。

静かな寝室に穏やかな寝息が聞こえて、夏澄はひとまず胸を撫で下ろす。

ナイトランプのほのかなオレンジの明かりに照らされた深見の顔色も、先ほどよりも幾分改善しているように見えた。

夏澄は深見を起こさないように気をつけつつ、ベッドの下に脱ぎ散らかされたズボンやワイシャツを拾い、ハンガーにかけた。

サイドテーブルの上に、ミネラルウォーターのペットボトルとグラスを準備する。

そして、深見に何かあってもすぐにわかるようにと、ドアをほんのわずかに開けたままにして、夏澄は寝室を出た。

リビングルームに戻り、今度は自分用にお茶を淹《い》れる。

ソファに座ると、一気に疲労が押し寄せてきた。

けれど、ここで休んでいる暇は夏澄にはなかった。

熱いほうじ茶を飲んで一息入れると、夏澄は動き出す。

念のために深見を起こす予定時間をスマホのタイマーでセットし、鞄からタブレット端末を取り出すと、本社に残っている他の秘書たちと連絡を取る。そして、今日、キャンセルした分の予定の割り振りを依頼する。それと同時に、来週までの深見の予定を緩《ゆる》やかなものに組み直した。

すべての連絡が終わったのは、それから一時間ほどが経ってからだった。

窓の外はすっかり夜の帳《とばり》が降りていた。摩天楼《まてんろう》がその真価を発揮しネオンを瞬《またた》かせ、星屑《ほしくず》をちりばめたように地上を煌《きら》めかせていた。まるで天と地が逆さになったような光景は美しい。夏澄はその華やかな光景をぼんやりと眺めた。

遠く高層ビルの端に月が顔を出していた。

――ああ、今日は満月か……

地上のネオンの輝きの中、まるで恥じらうようにひそやかに昇る月は、綺麗な円を描いていた。

小さなため息を零《こぼ》し、夏澄は瞼《まぶた》を閉じる。

途端に、張りつめていた神経が緩んでいくのを感じた。

――少しだけ……少しだけだから……

誰に言い訳するでもなくそう思いながら、夏澄は束の間の休息に身を委《ゆだ》ねた。


不意に唇に柔らかいものが触れた感覚に、微睡《まどろ》んでいた夏澄の意識が浮上する。

――何？

薄い皮膚の上に触れるそれは、柔らかく温かかった。覚えのあるようなないようなその感触の正体が掴めず、夏澄は瞼を開けた。

「……んっ。え……？　社長!?」

瞼を開くと驚くほどすぐ傍に深見の端整な顔が迫っていて、夏澄は一瞬、自分の置かれている状況がわからなかった。

――え？　あれ……？　何で、社長？

驚きすぎて、思考がまともに働かない。

「伊藤。この手、どうした？」

固まる夏澄に構うことなく、深見が夏澄の手首を掴みながら問いかけてくる。

「え？　手……？」

言われて、深見に掴まれている自分の手のひらを見ると、部分的にうっすらと赤くなっていた。自分の手のひらを眺めて、夏澄はようやく今の状況を思い出す。

——あ、そうか。社長を休ませるためにホテルを取ったんだ……って、やだ、私。寝てたの!?

自分の失敗を悟り、夏澄は一気に目が覚めた。

——今、何時!?

「申し訳ありません！　三時間後に起こすとお約束していたのに!!」

「いや、約束の時間前に勝手に目が覚めただけだから気にするな。それよりこの手、さっきのタオルのせいか？」

慌てて謝る夏澄を意に介さず、深見は夏澄の手のひらの、火傷《やけど》ともいえない赤味の理由を問うてくる。

言い逃れを許さない眼差しの鋭さに、夏澄は戸惑いを覚えた。

確かに夏澄の手のひらの赤みは、先ほど深見に渡したタオルを絞った時にできたものだろう。しかし、深見が寝ている間にちゃんと冷やしたし、もう痛みもない。明日の朝にはきっと赤味も引いている。こんな風に深見に問われなければ、夏澄は気にもしなかった。

「痛みは？」

「大丈夫です。これくらいなんともありませんから」

「ちゃんと冷やしたのか？　薬は？」

「ちゃんと冷やしたし、もう痛みもありません。薬なんて塗らなくても明日には消えてますよ」

「痕《あと》が残ったらどうする⁉」

「大袈裟《おおげさ》です。社長に言われるまで忘れていたくらいなんですから」

深見の心配に夏澄は苦笑する。

普段、深見が付き合っている恋人たちであれば、こんな風に火傷《やけど》すれば大騒ぎになるだろう。

しかし、夏澄の手は彼女たちとは違う。傷だらけだろうと、この帝王のために働ける手であればいいのだ。

そうは思っても、荒れた手を深見に掴まれているという状況が恥ずかしくなってきて、夏澄は腕を引こうとした。

しかし、それは叶わなかった。逆に痛いほどの力が深見の指に込められて、夏澄は思わず顔をしかめる。

「……っ！」

「どうして……どうして、お前は、そこまで……」

低く、聞き取れないほどの声で深見が何かを呟いた。

「しゃ、社長？」

触れている深見の手がひどく熱くなっている気がして、夏澄は動揺に声を上ずらせる。

夏澄の呼びかけに、無言のまま深見が顔を上げた。深見と夏澄の視線が絡む。

その瞬間――まずい。そう思った。

何がまずいのか自分でもわからない。でも、このままではだめだと頭の中で警鐘が鳴る。

囚われる。このままだと自分は……

「社長こそ体調はどうですか？　頭痛は治まりましたか？」

少しでもこの雰囲気を壊したくて深見の体調を尋ねたが、深見は何も答えない。

場を支配する沈黙と緊張感に、夏澄はどうすればいいのかわからなくなる。

深見の眼差しに絡め取られて、身動き一つ取れない。

少しでも動きがあれば、この張り詰めた空気は破裂する。そうなった時、自分がどうなるのか夏澄にはわからなかった。

恐怖と紙一重の甘い緊張感が、ぞくぞくとした予感となって夏澄の背筋を滑《すべ》り下りた。

怖い……そう思うのに、深見の手を振り払えない。

――二人の均衡《きんこう》を破ったのは、甲高い電子音だった。

夏澄が先程、深見のためにセットしたタイマーのアラーム音だ。

夏澄はハッとして深見から視線を離し、掴まれていたのとは反対の手で、スマホのアラームを止めた。

次の瞬間、抗《あらが》えない力で手首を引かれ、夏澄はソファから立ち上がらされた。

そして、そのまま抱き寄せられる。

「……夏澄」

名前を呼ばれた。この五年間、一度も呼ばれたことのなかった名前を。

その瞬間、夏澄は自分もただの女でしかなかったのだと思い知る。

——名前を呼ばないで……そんな聞いたこともないような、甘い声で……

理性も、戸惑いもその声に溶けて消えそうになる。

腰を抱かれて仰《あお》のいた視線の先。間近に迫った深見の瞳に宿る情欲の輝きに、女としての本能がざわめいた。

ずっと憧れだと思っていた。ただの憧れだと思っていたかった。

なのに、今この瞬間に、はっきりと自覚する。

この想いは恋だったのだと——

気づきたくなんてなかった。囚われたくなんてなかった。

近づいてくる唇を避ける術《すべ》がわからず、夏澄は泣きそうになる。

自覚したばかりの恋が、夏澄の心を惑わせた。

触れた唇の思わぬ熱さに、夏澄は震えるまま瞼《まぶた》を閉じる。

それ以外にどうすればいいのか、わからなかった。

柔らかなその感触に、先ほど夏澄を微睡《まどろみ》から呼び覚ましたのも深見の唇だったのだと気づき、混乱はますますひどくなった。

頭の中は真っ白で、ただただ、どうしようという言葉だけが巡る。

混乱して震える夏澄の背中を、男の大きな手のひらが辿る。宥《なだ》めるようなその手のぬくもりに、体の力が一気に抜けた。腰に回された手が、夏澄の体を深見に押し付けるかのごとく引き寄せた。

わずかに開いた唇に差し入れられた男の舌が、夏澄の戸惑いも、ためらいもすべてを奪い取ろうとするように、情熱的に絡む。

唇に触れる吐息に、鼓動がひどく乱れた。

深見が夏澄の口内をかき混ぜる。その慣れない濡れた感触が、深見とキスをしているのだという実感を夏澄に与えた。

それはかつて恋人だった男と交わした、互いの唇を重ね、舌をなめ合っただけの不器用なキスとは完全に別物だった。

まるで快楽を教え込むように、深見の肉厚な舌が淫猥《いんわい》な動きで歯列を辿り、上顎《うわあご》を舐める。きつく舌を吸われて、吐息が奪われた。

「んぅ……！」

息苦しさから思わず漏れ出た自分の声は、驚くほど甘く聞こえた。

手のひらの優しさと矛盾する情熱的な口づけに、夏澄はもう何も考えられない。

普段の夏澄なら理性が止めた。伸ばされた腕を拒んでいたはずだ。

なのに、今、夏澄は男の腕の中に囚われていた。

大きな手のひらが何度も夏澄の背中を辿る。それはひどく優しくて、ずっとこの腕の中に囚われていたいと願ってしまう。

そんなことは望めるわけもないとわかっているのに……

突き飛ばして逃げるべきだと思っていても、深くなる口づけに体から力が抜けてしまう。

じんわりと高められる快楽に、体の奥が切なさに疼《うず》いた。

深見の唇と舌に翻弄《ほんろう》され、眦《まなじり》にじわりと涙が滲《にじ》む。

一瞬にも、永遠にも思える時間が終わり、唇が離れた。

舌がもつれて、まともに言葉が紡げない。乱れた自分の呼吸に羞恥《しゅうち》を覚えて、夏澄は目を伏せた。

堪《こら》え切れなかった涙が頬を流れる。

「何を泣く必要がある？　何も変わらない。怖いことはしない……」

夏澄の涙に気づいた男が、親指で頬を拭《ぬぐ》う。その手つきが優しくて、ますます涙が止まらなくなった。

深見が囁《ささや》くことに、根拠なんて何もない。

何も変わらない？　嘘つき。

きっと、あらゆるものが変わってしまう。変わらないのはこの男だけ。

この夜を越えた朝、夏澄は自分のすべてが変わってしまう確信があった。

泣き出した夏澄を、あやすように触れる深見の手。それが、恋しくてたまらない。

今だけの優しさなのだと知っているのに、それでも、今この時だけでもこの男を独占したいと思う自分がいた。

この五年間、ずっと傍で見てきた。

何もかもを手に入れている男が、日ごと夜ごとにその恋の相手をかえて遊ぶさまを。

仕事の上では尊敬できる上司であっても、その乱れきった私生活には呆れるばかりだったはずなのに、気づけば自分もこの男の抗《あらが》いきれない魅力に囚われていたのだと知る。

気まぐれに、相手をしてくれたとしても、それは今だけのこと。

この男が飽きるまでの期間限定の恋。未来なんて望めない。

わかっているのに……わかっているからこそ、流されてしまえと自分の中の女が囁《ささや》いてくる。

未来など望めない関係だからこそ、今この時に溺《おぼ》れてしまいたい。

そんな破滅的な想いが、嵐のように心の奥から湧き上がる。

自分の中にこれほど強い感情が生まれたことに驚きつつも、夏澄はその誘惑に逆らえそうになかった。

自分でも馬鹿だと思う。なのに、今この時にこの衝動を抑える術《すべ》を夏澄は知らなかった。

夏澄は戦慄《わなな》く息を吐き出して、覚悟を決める。

たとえ、気まぐれでも構わない。

一夜限りの恋。

堅物《かたぶつ》で通した自分には望むべくもない夜。

男の上質なシャツに縋《すが》った時には、体の震えも涙も止まっていた。

「夏澄」

名前を呼ばれるたび、心が恋しさに痛んだ。

でも、この男には何も見せない。

今、夏澄が感じている痛みも、明日の朝、夏澄が覚えるはずの絶望も絶対に見せない。

この男が何も変わらないというのなら、何も変わらない自分でいよう。

秘めやかな決意を胸に、夏澄は涙に瞳を潤《うる》ませたまま笑った。

艶《つや》やかに、華やかに笑って、この夜を手に入れる。

これは一夜限りの夢だ。流されて、溺《おぼ》れて、我を忘れても、これは夢。

だから、明日の朝には何もかも跡形もなく消える。消してみせる。

恋に堕ちていたことに気づいた瞬間に、夏澄の淡い恋は終わる。それでいい。

恋をした男の腕の中にいるはずなのに、ひどい寂しさが夏澄の心に忍び寄る。

でもそれは夏澄だけが知っていればいい痛みだ。

男の肩越しに青く輝く月が見えた。

あまりにも暗示的なその月の輝きに夏澄は笑い出したくなる。

『blue　moon』

青い月。それはありえないことの代名詞。

同名のカクテルには『叶わぬ恋』『できない相談』なんて意味もあったことまで思い出す。今の自分の状況にぴったりすぎる青い月の輝きに、この恋はやっぱり叶わないのだと、そう思った。

無粋な自分にこの言葉の意味を教えてくれた目の前の男は、この状況をどう思っているのだろう？

ふとそう思って視線を目の前の男に戻すと、こちらを見下ろす切れ長の瞳と目が合った。その瞳に宿る情熱はわかるのに、今、男が何を考えているのかはわからない。

でも、わかる必要もないのだろう。

今までになく近づいた男の肌は、女の夏澄から見てもきれいで思わず触れたくなる。

衝動を抑えきれずにそっと指を伸ばし、その滑《なめ》らかな頬に触れると、愛おしいぬくもりが夏澄を力強く包んだ。

再び落ちてきた唇に、夏澄は瞼《まぶた》を閉じる。青く輝く月の残像が瞼の裏に残った。

自分はきっとこの青い月に恋をしたのだ。

そう思えば今感じているこの痛みも切なさも、少しは和《やわ》らぐ気がした。

もう一度重なった唇は、一度目の時とは色合いを変えていた。強引に奪うのではなく、夏澄が怯《おび》えないように、ただ、ただ慈《いつく》しむように、触れるだけの口づけが与えられる。

「大丈夫だ……」

触れ合わせる唇は素直に気持ちいいと思えるのに、口づけの合間に囁《ささや》かれる言葉は、どこまでも残酷に響いて夏澄に痛みを覚えさせる。

何度も繰り返し角度を変えて唇をついばまれるたび、夏澄の中にもどかしさが募《つの》っていく。

もっと深くこの男に触れたくて、たまらなくなる。

もどかしさに耐えかねて、夏澄は広い背中に腕を回して縋《すが》りついた。

自分から唇を開いて、おずおずと舌を差し入れると、先端だけをきつく吸われた。次の瞬間、キスが一気に深くなる。

「……ふ……っ……」

抱きしめる腕が強くなり、抱擁《ほうよう》の深さに体が震えた。

遠慮なく差し入れられた舌が、夏澄に口づけの甘さを教える。

何度も舌を吸われたせいで、敏感な舌の先端が痺《しび》れていた。それを甘噛みされて、膝から力が抜ける。夏澄の体が崩れて唇がほどけた。

咄嗟《とっさ》に縋った指で深見のワイシャツをきつく掴み、皺《しわ》を作る。腰に添えられていた深見の手が滑《すべ》り落ちて、まろみを帯びた部分をぎゅっと鷲掴《わしづか》みにし、離れそうになった体を引き寄せた。腰をぴたりと合わせるように重ね、夏澄のへその下に硬い何かを押し付ける。

ベルトのバックルの無機質な硬さとは違うそれが深見の欲望の証《あかし》だと気づいて、夏澄の頭に一気に血が上《のぼ》った。

「……寝室へ行くぞ」

耳朶《じだ》に直接吹き込まれた囁きに、びくりと体が震えた。腕の中からおずおずと見上げると、深見は形の良い眉をひそめ、まるで獲物を前にした肉食獣のような表情を浮かべていた。

遊び慣れているはずの男が浮かべている余裕のない表情に、夏澄は息を呑む。

逃げるつもりも、拒むつもりもなかったのに、無意識に体が逃げを打つ。けれど、あっさり深見に阻《はば》まれ、拒絶は許さないといわんばかりにますます腰を押し付けられる。欲望を隠さないあからさまな深見の行動に羞恥《しゅうち》で目が眩《くら》んだ。

まともに言葉を紡げず、喘《あえ》ぐような呼吸を繰り返したあと、夏澄は首を縦に振った。深見が満足そうに瞳を細める。

足が縺《もつ》れてまともに歩けない夏澄の腰を掴んだまま、深見は寝室に向かった。半ば引きずられるように歩きながら、夏澄は大人しくそれに従った。


寝室のベッドに横たえられる。恥ずかしげもなく衣服を脱ぐ男に、視線のやり場に困った夏澄は瞼《まぶた》を閉じて、枕に顔を押し付けた。

先ほど、深見が休んでいたベッドからは、普段、彼が使っている香水の匂いがほのかにした。自分も服を脱いだほうが良かったのではと気づいたのは、裸になった深見がベッドに乗り上げてきたあとだった。

「夏澄」

背後から抱きしめられて、体を仰向《あおむ》けにさせられる。

「社……長……」

こういう時、どうしていいのかわからず、夏澄は覆《おお》いかぶさってきた深見に思わず手を伸ばしてその首に縋《すが》りついた。物慣れない夏澄の仕草に、深見が目元を緩《ゆる》めて、頭を撫でた。

器用な指が、夏澄のシャツのボタンを次々と外していく。女の服を慣れた手つきで脱がしていく深見に、過去の恋人たちとの経験がちらついた。

嫉妬《しっと》したところで仕方がないと思う反面、心臓をぎゅっと掴まれたような痛みを覚えて、泣きたくなる。

同時に、深見の恋人たちの女性らしい体つきを思い出し、自分の体の貧相さが急に恥ずかしくなった。夏澄とて世間一般の成人女性としては平均的な体形だが、深見が付き合ってきた女性たちは女の夏澄ですら息を呑むほどにスタイルが良かった。

そんな女たちを見慣れている深見が自分の体を見ていると思うと、気おくれを感じた。少しでも体を隠したくて、手足を丸めて縮こまる。

「夏澄？　どうした？」

突然、縮こまった夏澄の様子を訝《いぶか》しむように、深見が顔を覗き込んでくる。

「な、何でも、ないです……緊張して……だ、から……」

子どもっぽい嫉妬と劣等感を知られたくなくて、夏澄は震える声でなんとか言い訳を紡ぎ出す。

本心でもないが、嘘でもないその言葉に、納得したように頷いた深見が、瞼に唇で触れてきた。

「怖いことはしない。だから、体の力を抜け」

夏澄の臆病さを気遣うように、瞼の上に直接落とされた優しい囁《ささや》き。それがくすぐったくて瞼をぎゅっと閉じる。

今、一番夏澄を混乱させ、怖がらせている男の言葉に説得力なんて欠片《かけら》もない。

なのに、夏澄の体に触れる深見の手も唇もどこまでも優しかった。

その優しさに、初めて自覚した嫉妬や劣等感も忘れることができそうな気がした。

瞼《まぶた》、額、鼻筋とついばむようなキスがいくつも落とされる。その感触に、夏澄はなんとか戦慄《わなな》く息を吐き出して、体の力を抜く。

「いい子だ」と微笑んだ男が夏澄の髪を乱した。

キャミソールの裾から忍び込んできた長い指が、背中に回りブラジャーのホックを外す。ブラジャーが押し上げられ、直に乳房に触れられて夏澄は身を捩《よじ》った。

その場所を誰かに直に触れられたのは初めてで、夏澄はどうすればいいのかわからず、シーツを握りしめて、未知の感覚に耐えた。深見の手の中で、胸の先端が自己主張するように尖り、疼《うず》く。指の腹でその先端の硬さを確かめるみたいに押しつぶされ、高い悲鳴が上がった。

「やぁ……あ！」

不埒《ふらち》な手はそのままキャミソールとブラジャーをはぎ取った。

深見の胸板は広く、すっぽりと夏澄の体を包んでいた。初めて触れた男の肌の意外なほどの硬さに、羞恥《しゅうち》よりもなぜか安堵を覚えた。

同時に首筋に熱い吐息が触れ、そのまま肌の上を唇で辿られて、むず痒《がゆ》いともくすぐったいとも思える感覚に、肌が粟立《あわだ》った。

敏感な先端部を指先で弄《もてあそ》ばれて、これまで感じたことのない重く甘い痺《しび》れが、足先に向かって滑《すべ》り下りていく。

それが快感なのだと知ったのは、指で弄ばれていたのとは反対側の頂《いただき》を口に含まれた時だった。濡れた肉厚な舌が芯を持った頂に押し当てられ、吸われる。そのたびに、甘い痺れがどんどんと募《つの》っていく。

その間も深見の指は夏澄の肌の上を辿っていき、やがて太ももに手が置かれた。きわどい場所に感じた深見の手のひらに、ぎくりと体を強張《こわば》らせる。

無意識にベッドの上をずり上がり逃げようとした夏澄の体を、深見は上から押さえつけるようにして覆《おお》いかぶさり、唇を奪う。

「あ……あ……」

口の中に舌を入れられ、舌を絡めるよう促《うなが》された。覚えたばかりの甘くて濃いそのキスに夏澄は夢中になる。

その間に、深見の手はストッキングのさらさらとした感触を楽しむように太ももを撫で上げ、スカートの裾をたくし上げる。

内腿をツーと指で撫でられ、太ももが露《あら》わになっていることに夏澄が気づいた時にはすべてが遅かった。

こうなるとわかっていたはずなのに、いざその場所に触れられるとうろたえてしまう。咄嗟《とっさ》に深見を止めようと手を伸ばしたが、逆にその手を掴まれ、頭上に一つにまとめて押さえ付けられた。

「やぁ！　だ……め……！」

「だめじゃない」

あげく、あっさりと夏澄の抵抗を一蹴《いっしゅう》した深見は、内腿の間に手を入れ、ストッキング越しに秘めやかな場所を押し上げた。

「ひっ、やぁ……」

自分でもろくに触れたことのない場所。そこに与えられた刺激に、頭の中が真っ白になる。

肘を曲げて体を起こそうとしたが、深見は夏澄のその動きを利用して、スカートもストッキングも、そして下着も片手だけで器用に剥《は》ぎ取ってしまった。抗《あらが》うすべもなく、本当に全部脱がされる。

身を守るものが何一つない状態で晒《さら》された素肌に羞恥《しゅうち》が募《つの》り、体が赤く染まった。

怖い……そう思った。

「……ひっ……く……」

今まで感じたことのないような羞恥と混乱に襲われ、嗚咽《おえつ》が漏れた。

泣きたいわけじゃない。この行為が嫌なわけじゃない。

だけど、性に関してろくに経験がなかった夏澄は、この先どうしていいのか、自分がどうなるのかわからなくて、涙が止まらなくなる。

面倒に思われる。遊び慣れた深見にしたら、ここまで来ていきなりぐずり出した自分に呆れているだろう。興ざめだとやめてしまうかもしれない。そう思った。

だが、涙は勝手に流れて、自分では止められなかった。

「泣くな……怖いことはしないと言っただろう？」

しかし、ここまで強引にことを進めてきたのに、深見はその長い腕で夏澄の体を抱きしめ、優しい手つきで髪を梳《す》きつつ囁《ささや》いた。

「どうしても嫌ならやめる。でも、恥ずかしいだけならやめてやらない」

どうしたい？　と問われて、夏澄は自分がどうしたいのか、回らない頭で必死に考える。

しかし、答えなど最初から一つしかなかった。

この男が欲しいと思う気持ちはごまかしようもないのだ。

「や、……や、め……ない……で……」

嗚咽《おえつ》を堪《こら》えて紡いだ夏澄の言葉に、よくできましたというように深見が口づけで応《こた》える。

「あまり泣くな……余計に泣かせたくなるから……」

そんな最低のことをさらりと囁く男に、夏澄はぎょっとした。

普通こういう時は、慰《なぐさ》めるとか、宥《なだ》めるようなことを言うものじゃないのか。

だというのに、もっと泣かせたいなんて、どういうことだ。

驚きに目を瞠《みは》った夏澄に、深見は楽しげに笑った。

選択を間違えたかも？　と慄《おのの》いたものの、深見らしいといえば、あまりに深見らしかった。笑う深見に心がほどけて、夏澄も小さく笑い出す。

「大丈夫だ。痛くはしない……」

肌を撫でさすっていた手が、夏澄の膝に触れて、足を開くように促《うなが》した。

さっきの今で、その言葉は全く信じられないと思うのに、夏澄は促されるまま膝を立て、震えながら自《みずか》ら足を開いた。深見の指先が夏澄の秘所に触れた。くちゅりと音を立てたその場所はほんのわずかに潤《うる》んでいた。

「……んん……っ」

秘裂を割り開くように何度も指が上下し、下腹部を中心にぞくぞくとした悦楽が湧き上がる。

覚悟を決めても、どうしても体を強張《こわば》らせてしまう夏澄を急《せ》かすことなく、深見は夏澄の肌を撫で、唇を甘噛みして、夏澄が体の力を抜くまで辛抱強く待ち続けた。

徐々に、夏澄もその場所に触れられることに慣れ始める。

それと同時に、わずかずつであるが、気持ちよさを感じ始めていた。

くちゅ、くちゅと下半身から聞こえてくる水音が大きくなっていく。

十分に潤《うる》んできたその場所に、深見は慎重に指を差し入れた。濡れているといっても、初めて他人の指を受け入れた夏澄は、痛みとは違う違和感に襲われる。慣れない感覚に眉が寄った。

「痛いか？」

問うてくる男に夏澄はただ首を振る。言葉にして答える余裕はなかった。

「ん、痛かったら言え」

何とも言えない違和感に息を吐きながら、夏澄は深見の言葉に頷いた。

深見の指がゆっくりと、夏澄の秘所をくつろげるように動く。

「……やあぁ……ぁ!!」

溢《あふ》れた蜜を纏《まと》わせた親指に花芯を押しつぶされる。今まで感じたこともないような鋭い快感が襲いかかり背が撓《しな》った。

深見の長い指が秘所の浅い場所を出入りし、指をなじませるように動く。

蜜が溢れて滑《すべ》りが良くなると、指が二本に増やされ夏澄の内側を丁寧に探られた。感じる場所を重点的に擦《こす》られ、親指の腹で花芯をぐりぐりとすり潰されるたび、まるで神経をむき出しにされたようなびりびりとした快感を覚えて、甘い悲鳴が上がる。

「はぁ……ぁ……！」

敏感な粘膜をくまなく擦られる。体の奥がとろりと蜜を零《こぼ》して、どんどんと緩《ゆる》んでいくのが自分でもわかった。

長い、長い時間をかけて、深見を受け入れる準備がされる。

深見のわずかな動きにすら過敏に肌が反応した。

受け入れた指が三本になり、違和感を感じなくなった頃、深見の楔《くさび》が秘所に押し当てられた。

快楽に朦朧《もうろう》とした頭でも、擦りつけられたその圧倒的な存在に、本能的な恐怖を覚えて体がずり上がる。

「ここまで来て逃げるな」

もう待てないと深見の苦笑が耳朶《じだ》に落とされた。

そんなつもりじゃないと言うより早く、足を掴まれる。先ほどよりも大胆に足を開かれた。

待てないと言いながらも、深見は夏澄の様子を窺《うかが》い、本当に慎重に体を押し開いていく。

体を初めて開かれる痛みはあった。だが、それ以上に濡れてぬかるんだその場所は圧倒的な熱に支配されることを喜んでいた。

「くぅ……ん……」

短い呼吸を繰り返し、体を開かれる痛みに耐えながら、深見のすべてを受け入れていく。重ねた体の上で、深見が深々と息をついて動きを止めた。夏澄は完全に深見と一つになったことを知った。感じるのは痛みよりも熱さだった。

熱い……熱くて、苦しくて、でも、幸せだと思った。

痛みと快楽、どうしようもない幸福感と切なさがないまぜになった涙が溢《あふ》れて止まらなくなる。

「夏澄……苦しいか？」

子どものようにぼろぼろと泣き出した夏澄の頬を乱暴ともいえる仕草で拭《ぬぐ》い、深見が額と額を合わせて問いかけてきた。

「くる……しぃ……」

素直に答えながらも、初めて押し開かれた体が苦しいのか、深見への叶わない恋が苦しいのか、自分でもわからなかった。

「悪いな……でも、俺は気持ちいい……」

興奮で荒い息を吐いた男はやっぱり最低なことを呟いて、夏澄の体をきつく抱きしめた。

涙で滲《にじ》んだ視界の中、見つめた男は、眉をひそめて何かを我慢するような表情を浮かべている。言葉どおり、本当に気持ちよさを感じているのだろう。

この貧相な体で、ろくに経験もない夏澄相手でも、深見が感じてくれていることが嬉しくて、夏澄は子どものように無邪気に笑う。

その笑みを見た深見が、我慢できないと言わんばかりに「夏澄」と名前を呼んだ。首筋や、肩先にいくつもの口づけの痕《あと》を残していく。

「夏澄、夏澄……」

何度も、何度も名前を呼ばれた。名前を呼ばれるたび、こみ上げる恋しさに、夏澄は深見の背に腕を回してしがみつく。それを合図にして、深見がゆっくりと動き出した。

「あ、あ、あぁぁ……」

徐々に速くなっていく深見の動きに、与えられたのは快楽と痛み。

境界の曖昧《あいまい》なその二つの感覚が混じり合い、溶け合って、夏澄の体を支配する。

体の奥の奥まで、明け渡せと言わんばかりに突き上げられ、目の前に白い火花が散った。

開いた唇からひっきりなしに甘い声が上がって、呼吸がおかしくなる。

ただ、ただ夢中で深見の背中にしがみつき、体の中から溢《あふ》れてくる恋しさに耐えた。

深見が恋しくて、恋しくて――苦しかった。

なのに、同じだけ夏澄は幸せを感じていた。

揺らされる視界に眩暈《めまい》を覚える。目を閉じれば、先ほど見上げた青い月が瞼《まぶた》の裏に浮かんだ。

その青い月に夏澄は願った。

――この人をください……私にこの人を……

それが叶わないのなら、どうか、どうか、今この瞬間に、時間を止めて――

どちらにしろ叶うはずもない愚かな願いが湧き上がる。

「きゃぁぁ――」

一際、奥まで重く激しく突かれて、甲高い悲鳴を上げた。まともな思考なんて欠片《かけら》もなくなり、与えられた快楽に翻弄《ほんろう》される。

快感の渦《うず》に叩き落とされ、呑み込まれた夏澄は、快楽の階《きざはし》を駆け上《のぼ》る。

「ぁ……あ、こ……やぁ……あ……っつい！」

深見の動きはますます容赦ないものになる。揺する動きを速くされればひとたまりもなかった。

視界が白く染まり、背が弓なりに反った。

次の瞬間、腰の奥が熱く満たされるのを感じた。

その一瞬だけ、夏澄は自分がひどく満たされて、幸せだと思った。

遠く霞《かす》む意識の向こうで、どさりという音が聞こえて、のしかかってくる重みを感じる。

「頑張ったな……」

くすりと笑いながらそう言った深見に、汗に張り付いた前髪を梳《す》かれ、ふわふわとした心地よさに、夏澄の意識が沈んでいく。

「夏澄……」

あとのことはひどく朧《おぼろ》げで、ただ、夏澄を呼ぶ深見の声だけが耳に残った。

†

とろりとした眠りから目覚めたのは、寝返りをうとうとして腰に巻き付いた重い何かに阻《はば》まれたせいだった。

「っ……ん……」

まだ半分、眠りの淵《ふち》に意識を沈めたまま夏澄は重い瞼《まぶた》を開いた。

ぼんやりと視線を彷徨《さまよ》わせると、吐息の触れる距離に深見の寝顔が見えた。

どうやら自分は深見に抱き枕よろしく抱えられて眠っているらしい。

身じろいだ時に感じたさらりとしたシーツの感触に、いつの間にかベッドを移動していたことを知る。

そんなことにも気づかないほど深く眠っていた夏澄は、きっとあのまま気を失ったのだろう。

部屋は闇の底に沈んでいて、夜明けまではもう少し時間がありそうだった。

薄明かりに照らされた目の前の深見は、安らかな寝息を立てている。

いつも後ろに軽く撫で付けられていた前髪が乱れ、うっすらと無精ひげが生えている。こうして見る深見は、普段より若く見えた。

すっと通った鼻梁《びりょう》に、閉じていてもわかる切れ長の目。男らしく目鼻立ちのくっきりとした顔は、眠っていてもやはり端整だった。

夏澄は指を伸ばして、額にかかる深見の前髪をそっと梳《す》いた。

疲れていたのか、夏澄が触れても気配に敏《さと》い深見が目覚めることはなかった。

朝が徐々に近づいてくる中、いつまでもこの寝顔を見ていたいと願い、夏澄は泣きたくなる。

「……好きです……」

目覚めている深見にはとても言えそうにない想いを、夏澄は口にした。

その瞬間、堪《こら》えきれずに涙が流れた。

言葉にしたことで、よりはっきりと夏澄は自分の想いを自覚する。

――ああ、自分はこの人が好きなのだ……どうしようもないほどに……

好きで……好きだからこそ、この想いに気づきたくなかった。

はっきりと自覚してしまえば、ただ深見を想う切なさばかりが、夏澄の心に降り積もる。

だが、この先の関係を望むつもりは夏澄にはなかった。

この想いに溺《おぼ》れてしまえば、あるいは一時《いっとき》は深見の恋人の一人になれるかもしれない。

だが、その先はきっとない。それを夏澄はよく知っていた。

伊達《だて》にこの五年、深見の傍にいたわけではない。

深見が何を望み、何を嫌がるか、誰よりもよく理解しているつもりだった。

この先を望んではいけない。これ以上を欲しがってしまえば、自分もきっと先日のモデルの彼女のように切り捨てられる。

そうなってしまえば、秘書としても彼の傍にいられなくなる。

それだけは嫌だった。一時の激情で、せっかく築き上げたものを失いたくはない。

夏澄は自分の想いを振り切るように、瞼《まぶた》を一度閉じる。

――大丈夫……自分はちゃんと忘れられる。

瞼を開くと、夏澄は眠る深見の顔を目に焼き付ける。

そうして、深見を起こさないよう静かに体を起こすと、愛おしいぬくもりが残るベッドを抜け出した。

動くたび体の奥に、甘怠《あまだる》い違和感を感じた。

確かに昨日、深見に愛された証《あかし》——

この記憶があれば自分はきっとこの先も生きていける。

脱ぎ散らかしたままの自分の衣服を拾い、身に着けると、帰り支度を整える。そして、深見の衣服を皺《しわ》にならないようにまとめ、最後に、普段、深見が起きる時間にアラームをセットする。

深見が目覚めた時に心配しないよう、念のため『先に帰ります』とメモを残した。

寝室を出る間際、振り返ると深見はまだぐっすりと眠っていた。

この部屋を出たら、すべてが終わる。

そう思うと胸の奥が痛んだ。でも、これくらいの痛みなら抱えていける。

夜が明ければ忘れてしまえるような些細《ささい》な痛みだと自分に言い聞かせる。

——だってこれは夢だから……

一瞬だけ、自分の決意を後悔しそうになりつつも、夏澄は構わず青く染まる部屋を出た。

2　月に泣く

自分はいつまで、あの日、見た夢に囚われるつもりなんだろう？

あの人に恋をしたのが私の人生最大の過《あやま》ち——


「伊藤、珈琲《コーヒー》を頼む」

社長室で書類の整理を手伝っていた夏澄は、そうかけられた声に振り返る。

振り向いた先では、深見が椅子に身を投げ出し、天井を仰《あお》いでいた。朝から二つの商談をまとめるために動き回っていた彼の顔には疲れが見て取れた。

「はい。少しお待ちください」

答えた夏澄は秘書室のキッチンでお湯を沸かし、深見のために珈琲を淹《い》れる。そして電子レンジに濡らしたタオルを入れてホットタオルを作った。少し疲れた時にホットタオルを使うのが深見の最近のお気に入りになっていた。

「失礼します」

ノックのあと、夏澄は社長室に入室し、深見に珈琲とホットタオルを渡した。

「ああ、すまんな……」

深見は礼を言うが早いか、ホットタオルを目元に当てて、束の間の休息を取る。

その様子を窺《うかが》いながら夏澄は、このあとの深見の予定をどうするか考えていた。

偏頭痛《へんずつう》を起こすほどではないだろうが、最近はまた少しスケジュールが過密になってきている。

二日前にアメリカ出張から帰国したばかりだ。確実に疲労は溜まっているだろう。

今日はもう急ぎの案件はなく、大きな会議や商談の予定もない。

今、上がってきている書類の決裁が終われば、深見が帰っても問題ないだろうと夏澄は判断する。

「社長」

「何だ？」

夏澄の呼びかけにタオルを目元に当てたまま深見が答える。

「このあとの予定なのですが……」

「ああ、そうだった。伊藤、今日は早めに帰る。このあとは特に社外に出るような用件も、会議もなかったよな？」

夏澄が言うよりも早く、深見がこのあとの予定を告げた。

深見が帰ると言ったことに夏澄はホッとする。

「ええ。問題ありません」

「そうか。よかった。で、伊藤は何を言いかけたんだ？　もしかして何か急ぎの予定があったか？」

目元から温《ぬる》くなったタオルを外した深見が、そういえばというように尋ねてきたので、夏澄はタオルを受け取りながら答える。

「いえ、少しお疲れのように見えたので、今日はもう早めに帰られては？　と言うつもりだっただけです」

「そうか。それは悪かったな」

「いいえ」

「まぁ、そう心配するな。今日はレイカに会ってくる。久しぶりに、楽しんでくるさ」

次の瞬間、眉をひょいっと上げて片頬だけで笑った深見に、夏澄は一瞬、顔が強張《こわば》りそうになった。

深見は夏澄の顔をじっと見ている。自分の感情を深見に悟られたくなくて、いっそ穏やかにも思える微笑みを夏澄は浮かべた。

「……そうですか。では、お久しぶりでしょうから、お花でも手配しておきましょうか？」

表面上は平静を装い、いつもどおりほんの少しの呆れを混じらせてそう言う。

だが、一瞬あいた間に、自分の心が表れているようで、夏澄は内心でため息をつきたくなった。

深見がプライベートで何をしようが夏澄には関係ない。

体調や仕事に影響がなければ余計な口出しをするつもりもない。

遊びに行くことで、深見の気分転換になるというのなら、いくらでも行けばいいと思う。

そう思っているはずなのに……

深見を見ていられずに、メモを取るふりで夏澄は目をそらす。

だから、夏澄は気づかなかった。

完璧な秘書の顔でそう申し出た夏澄に、深見がひどく面白くなさそうに顔を歪《ゆが》めたことに。

「ああ、頼もうか。ついでに、ホテルの予約も」

だが、その表情も夏澄同様に一瞬のうちに消し、まるでため息を堪《こら》えるように深見は素っ気なく言った。

その声にまじる冷たさに、夏澄は自分が失敗したことを悟る。

――ああ、まただ……またやってしまった……

最近、こういう会話をする時に、時折、深見の声にまじる冷たさがある。その声に、彼の苛立ちが垣間見えた。それが何に由来するものなのか察して、夏澄は自分が嫌になる。

気を使ったつもりだったが、出過ぎたみたいだ。もともとプライベートに踏み込まれることを好まない男だ。そのあたりを見極めているつもりで、また自分は深見との距離を測り間違えた。

「はい。他に何かありますか？」

「いや、ない」

「では、何かあればお呼びください」

「わかった」

深見が仕事を再開したのを確認して、夏澄は珈琲《コーヒー》とタオルを片付けるために、社長室を出た。

秘書室に戻り、一人きりになった途端、堪え切れずにため息を零《こぼ》す。

あの夜からもうそろそろ二か月が経とうとしていた。

深見はいつもどおり仕事に、遊びにと精力的に動き回り、夏澄はそんな深見を秘書として支える多忙な毎日を過ごしている。

あの夜には何もなかった。

そう思えるほどに、二人の関係は何一つ変わっていなかった——少なくとも表面上は。

でも、過ぎていく日常の中で、確かに変わったものがあることも夏澄は感じていた。

今の深見との会話もそうだ。以前なら、深見が恋人たちと出かける場所やプレゼントの手配など、仕事の一つと割り切って、何も感じてはいなかった。

なのに、今、彼が他の誰かと出かけるたび、その手配を頼まれるたびに、夏澄の心は揺れた。

表情にも、態度にも出しているつもりはないが、ふとした瞬間に、押し込めたはずの醜《みにく》い嫉妬《しっと》が顔を出す。人の感情に敏《さと》いあの男が、それに気づかないわけがない。

誰かに束縛されることを何よりも嫌う深見にとって、夏澄の心の揺れが不快なのだろう。

会話の最中、時折こちらの様子を窺《うかが》うように見つめる瞳や、声にまじる冷たさがその証拠だ。

あの夜のことは夢として忘れたはずだった。

なのに、あの日見た夢の残滓《ざんし》があまりに強すぎて、時々、不意に蘇《よみがえ》っては夏澄の心を惑わせる。

『何も変わらない』

その言葉どおり、遊びに長《た》けたあの男はいっそ見事なほどに、あの夜の情事の余韻も感情も見せることはないというのに。

その態度に感じた、やはりあれは夢だったのだという痛み。それと同時に覚えた、これまでどおりの関係でいられるという安堵。二つの相反する感情に夏澄の心は振り回される。

何も変わらない男に、夏澄の心だけが変わってしまったことを否応《いやおう》なく突き付けられる。

――何、やってるんだか……

夏澄は力ない仕草で、自分の前髪をくしゃりと乱す。

――花とホテルの手配しなきゃ……

夏澄は深見からの依頼をこなすためデスクの上の電話を取り上げた。

花屋に電話を掛けながら零《こぼ》したため息は哀しさを含んでいて、やがて誰に聞かれることもなく消えていった。

†

深見との間にある微かな不協和音をどうすることもできないまま、それでも日々は過ぎていく。

気づけばあの夜から季節を一つ通り過ぎ、半年もの時間が経っていた。

週末の金曜日、午後八時。社長室で残業をしていた二人はようやく仕事がひと段落ついて帰ろうかと帰宅の準備を始めていた。

「そういえば、伊藤は来週の月曜は有休だったな？」

「はい」

深見の背後に回り、ジャケットを着せかけていた夏澄は頷く。

今週の日曜日、夏澄は大学時代の友人の結婚式に出席する予定だった。

当初、夏澄は月曜日に有休を取るつもりは全くなかった。

だが、友人の結婚式に出席することを知った深見が、時間を気にせずにゆっくり楽しめるように月曜日は有休を取ればいいと勧めてきた。

最初はその提案を断っていたのだが、熱心に勧められたこと、また有休が溜まっていたこともあり、結局、深見の言葉に甘えさせてもらうことにした。

社長秘書になってからの五年。二十四時間、三六五日、動き回っているような深見にずっと付き従って仕事をしていたせいで、休みらしい休みはろくに取れていなかった。

深見の言うとおり、たまには有休でも取ってゆっくり休むのもいいかと思った。

それに、疲れてもいた。ふとした瞬間に感じる深見との不協和音に。

ここら辺で一度、深見と少し離れて、自分の立ち位置をちゃんと見つめなおすのもありかと思っていた。

「はい。月曜日、私の代わりは佐川《さがわ》さんにお願いしてあります」

佐川は深見付きの秘書の中でもベテランだ。

彼なら深見に振り回されることもないだろうし、仕事のサポートもきっちりとこなしてくれるだろう。

「そうか、わかった。たまには友人たちと楽しんでこい」

「ありがとうございます」

「それじゃあ、帰るか」

「はい」

帰り支度を済ませた深見の号令に夏澄も頷く。戸締まりを確認して一緒に社長室を出た。

「今日は三日月か……」

外に出ると空を見上げた深見が立ち止まり、夏澄に話しかけるわけでもなく呟いた。

俯《うつむ》いたまま深見の後ろについて歩いていた夏澄も、つられて空を見上げる。

深見の言うとおり、夏の空に三日月が昇っているのが見えた。

ネオンで霞《かす》み、ビル街の端に自信なさげに昇るその月はまるで――

「……迷子みたい」

「なんだか迷子みたいだな」

呟いたのは二人ほぼ同時だった。月を見上げて同じことを連想したことに驚き、互いの顔を見合わせる。絡んだ視線に、束の間、沈黙が落ちた。

「伊藤がそんな文学的なことを言うなんて、恋でもしてるのか？」

先に沈黙を破ったのは深見だった。何かを探るかのごとく夏澄を見下ろしてくる黒い瞳と、視線が合ってドクンと一つ鼓動が強く打った。

まるで今の夏澄の想いも葛藤《かっとう》もすべてを見透《みす》かされているような気がして、心が落ち着かなくなる。

「これでも出身は文学部です。私だって月を見て情緒的なことを呟くこともあります。むしろ、社長のほうが意外です」

誤魔化すようにやり返して、外れかけていた秘書の仮面を被りなおす。

「それこそ失礼だな。俺は、ロマンチストだぞ？　月を見て、思い出す女の十人や二十人いるぞ？」

「相変わらずですね……」

自《みずか》らそんなことを公言する男に呆れた視線を向ける。

いつもの軽口の応酬《おうしゅう》のはずなのに、なぜだろう？　二人の間にある緊張感が高まっていく気がした。

この緊張感から逃れたくて、夏澄は深見から視線を再び月に向けた。

「……でも、こんな月を見たら、確かに誰かを思い出したくなるかも……」

呟きは無意識のものだった。

「ほぉ？　それはなかなかに興味深いな。月を見て思い出す誰かがいるのか？　堅物《かたぶつ》の秘書殿に？」

自分が声に出していると気づいていなかった夏澄は、その問いかけにぎょっとして深見を振り返った。夏澄らしからぬ反応が面白かったのか、にやりと笑った深見が、夏澄の顔を覗き込んでくる。

不意に縮んだ距離に動揺を隠せない。心が揺れるまま瞳が潤《うる》んだ。

そんな夏澄を見下ろした深見がわずかにその瞳を見開く。

「何だ？　本当にどうした？　恋でもしてるのか？」

何で自分はこんな男が好きなんだろう？

平気でそんなことを尋ねてくる男に腹が立つ。

でも、わかってる。深見は夏澄の気持ちなんて知らない。

こんな風に苛立つのはただの八つ当たりだ。

そう思って、荒れる気持ちを堪《こら》える。なのに……

「まぁ、うちの秘書殿は恋や愛に興味なんてない堅物《かたぶつ》で生真面目な人間だから、それだけはないか」

軽く言われたその言葉に、夏澄の中の何かがプツリと音を立てて切れた――

これはいつもの深見の軽口だ。深い意味なんてない。

夏澄がいつもどおりに流せば、それで済む話だ。

わかってる。わかっているのに、感情がセーブできない。

体温が急激に下がっていくと同時に、体の芯がカッと熱を持ったような矛盾した感覚を覚えた。

深見と夏澄の視線が絡んで、沈黙が二人を支配する。

この人が好きだった。入社してからずっと憧れていた社長。

御曹司という自分の立場に甘えることなく、実力だけで確固たる足場を築き上げていくこの人を、尊敬していた。個人秘書に抜擢《ばってき》された時は、夢を見ているのかと思うほどに驚いて、そして、喜んだ。

この五年、自分のこともそっちのけにして必死に仕事をしてきたのは、深見を支えたかったからだ。

傍で仕えて初めて知った深見の私生活は、とうてい褒められるものではなかった。日ごと夜ごとにデートの相手をかえる遊び人。俺様な性格で意地悪で癇癪《かんしゃく》持ちで、最初の内は付き合いにくいことこの上なかった。それでも、一緒に過ごす時間が長くなるにつれ知っていった深見の素顔に、夏澄は惹かれずにはいられなかった。

感情を爆発させたあとにこっそりと一人で反省し、だけど素直に謝ることのできない不器用さに気づいたら、深見の癇癪もあまり気にならなくなった。

何でも器用にこなせるくせに、変なところで不器用な深見を支えたいと思った。

そんな夏澄の気持ちを深見は知らない。

それは当然だ。だって、夏澄は深見に何も伝えてこなかったし、振り向いてもらう努力すらしてこなかった。どうせ自分ではダメだと決めつけて、深見がデートの相手をかえるのを、ただ指をくわえて、物欲しそうに見ていただけだ。

だから深見が夏澄の気持ちに気づかないのは当然で、気づけというほうが無理なのだ。

これはわがままな子どもの癇癪と同じ。八つ当たり？　そんなことはわかってる！

頭では理解してるのに、感情が理性を凌駕《りょうが》する。

普段の冷静で真面目な秘書の仮面なんて捨ててやる。

「私が恋をしていたらおかしいですか？」

間近で見つめ合ったままの深見に、にっこりと艶《あで》やかに笑いながら問いかける。

「え？」

深見がその端整な顔に間抜けな表情を浮かべるのを眺めて、もう一度問いかける。

「私が恋をしたらおかしいですか？　私にも好きな人はいます」

今度はゆっくりはっきりと言葉にする。

――私だって恋をする。恋をしてきた。冷静で有能な秘書の仮面の下に、素顔の自分を押し込めて、この想いを隠してきた。

だが、余裕のふりで笑っていられたのはそこまでだった。

夏澄の言葉に何故か深見が顔色を変えた。表情が急に険しくなる。

不意に痛いほどの力で手首を掴まれ、痛みに顔が歪《ゆが》んだ。

「……っいた……社長？」

「誰だ？」

「え？」

聞いたこともない低い声で尋ねられて、夏澄は驚く。

「お前の好きな奴って、誰だ？」

深見の背後にゆらりと炎が見えた気がした。今まで見たこともないほど怒りに燃える瞳が、すぐ間近に迫る。あまりの怖さに夏澄は、動けなくなる。

「誰だ？　答えろ!!」

迫る男の瞳に宿る熱が、夏澄の言葉を奪った。

「夏澄」

名前を呼ばれた。あの夜以来呼ばれることのなかった名を。

心を鷲掴《わしづか》みされたような衝撃が夏澄を襲う。忘れたい、女としての自分を呼ばれて、体が震えた。痛みを覚えるほどの力で、手首を引き寄せられた。

「あっ……！」

咄嗟《とっさ》に何が起きたのかわからなかった。

鼻先に、深見の香水の香りを感じた。次の瞬間、その腕の中に囚われたのだと知る。

驚きすぎて動けない。怒りに煌《きら》めく深見の真っ黒い瞳が、自分を見下ろしていた。

その瞳に忘れたはずの夢が一気に蘇《よみがえ》りそうになり、夏澄は震える瞼《まぶた》をギュッと閉じた。

あの日も――初めて恋を自覚した半年前も、こうして不意に抱き寄せられた。

何がきっかけだったのか。深見が何を思って夏澄を抱いたのか、今もって夏澄は知らない。

――何で……どうして……？

頭の中をその言葉が駆けめぐり混乱する。だが、次の瞬間、夏澄が覚えたのは怒りだった。

身勝手で、わがままな男に対する我慢できないほどの怒り。

何も変わらないと言ったのは深見だ。

――その言葉どおりに何も変わらないことを望んでいるのは社長じゃない!!

束縛されることを何よりも嫌う深見。あの夜の気配を少しでも感じると、不機嫌になるくせに!!

だというのに、夏澄が誰かに恋をしていると知っただけでこうして激怒する男の身勝手さがわからない。

あの日知った、恋をすることの寂しさと痛みが押し寄せてくる。

それを振り切りたくて、夏澄は戦慄《わなな》く息を吐き出すと、閉じていた瞼を開く。

深見と夏澄の視線が絡んだ。

「誰を好きになった？」

責めるように再び低く囁《ささや》かれ、夏澄の中の怒りが煽《あお》られる。

「社長には……社長には関係ないと思いますが。私が誰を好きでも……」

「何だと？」

「それは、私のプライベートであって、社長に報告する必要はないと思います」

深見の真っ黒い瞳を睨《にら》みつけたまま、夏澄は言い放つ。

「社長に私のプライベートなんて関係ないでしょう？」

――私が誰を好きになっても、あなたには関係ない。

そんな夏澄に深見の機嫌がますます下降していくのが、触れ合った肌から伝わってくる。

夏澄を抱く腕に痛いほどの力が込められた。あまりの強さに胸が圧迫され、息がうまく吸えない。

「しゃ……長。苦し……いので、離し……て……くだ……い！」

「本気で言ってるのか？　関係ないと？」

息が苦しくて、深見が何を言っているのかわからない。

「本気で関係ないと言うつもりか？」

身勝手すぎる男に、夏澄の感情が振り切れる。

——嫌いだ！　こんな男、大嫌いだ!!

「いやっ！　離して……!!」

夏澄は深見の腕の中から逃げ出そうと身を捩《よじ》る。

再び囚われる恐怖に、顔が歪《ゆが》み、瞳が潤《うる》んだ。

「夏澄!!」

暴れる夏澄に焦《じ》れたような舌打ちと、名前を呼ぶ大きな声が聞こえたが、知るかと思った。

しかしどんなに抵抗したところで男の深見に敵うわけもなく、夏澄は彼の腕の中に深く囚われる。

——嫌いだと思うのに……大嫌いだと思うのに……

夏澄は深見の腕を振り払えなかった。

夏澄はついに堪《こら》え切れずに泣き出す。

それを見た男の怒気が、戸惑ったように少しだけ和《やわ》らいだ。ためらいがちに背を撫でる男の指は、あの夜と同じだけ優しかった。だが、この男が誰よりも残酷で優しくないことを夏澄はもう知っている。

どうして、自分はこんな男を好きになったのだろう？

どうして、今もこんなにもこの男が好きなのだろう？

溢《あふ》れて止まらない涙を深見には見られたくなくて、額を目の前のスーツに押し当てる。

深見のスーツが夏澄の涙に汚れるが、かまうものかと思った。

こうして夏澄を泣かせているのは深見だ。

夏澄は深見の胸を拳で思いっきり叩いた。

「離して……」

「嫌だ」

抗議は言葉にならず夏澄は深見の胸を再び拳で叩く。それでも、深見の腕は緩《ゆる》まない。

「私は……おも……ちゃ……じゃ……ない!!」

深見のように恋愛をゲームにして楽しむことはできない。そんな風には割り切れない。

今だって、深見の一挙一動に反応して振り回されて、子どもみたいに声を上げて泣いている。

みっともないと自分でも思うのに、どうしたらいいのかわからない。

深見が好きで、好きだからこそ、こんな風に夏澄を振り回す深見が許せなかった。

「誰がそんなこと言った？」

深見の声がさらに低くなり、再び彼の機嫌が悪くなったのがわかったが、何が原因かなんて、もう考えたくもない。深見のことを一番理解しているつもりだったが、それはただの思い込みでしかなかったと思い知った。今の深見が何を考えているのか夏澄にはさっぱりわからない。

毛色の違うおもちゃが自分の思うとおりにならないのが気に入らないのかもしれない。

「ほかの……ひと……に……して……くだ……い」

喜んで深見の相手をする女性はいくらでもいるはずだ。実際、深見の周りには夏澄なんか敵わないほど美しい女たちが大勢いる。

――だから、もう私を振り回すのはやめて……

涙に濡れて掠れきった声の哀願に、頭上で深く重いため息が落とされた。そして深見の腕が緩《ゆる》む。

「……間違えたか」

その言葉が夏澄の心に突き刺さった。

俯《うつむ》いたままの夏澄には、深見の表情の変化も心の内も読み取ることはできない。

でも、これで二人の間にあった何かが終わったのだということは感じていた。

「悪かった。悪ふざけが過ぎた。送る」

車のキーを揺らして、踵《きびす》を返した男の足元を夏澄はただうつろに見ていた。

何事もなかったように去っていく背中。離れていくそれを感じながら、夏澄はただ疲れたと感じていた。

変わらない自分でいたかった。秘書として、あの遊びに仕事に忙しすぎるあの男を、支えられる自分でありたかった。

でも、もう限界だ。自分と深見はあまりに違いすぎる。

噛み合わない歯車に奏でられる不協和音を、修復する術《すべ》を夏澄は持たない。

深見に恋をすればするほどに、夏澄の心は傷ついていく。大人の女のふりで、何もなかったようにはもう振る舞えない。深見とはわかりあえないという諦めを強く感じた。

ようやくの思いで顔を上げた夏澄の視界に、先ほど深見と見上げた三日月が映る。

まるで迷子のように見える三日月に、今の自分の心を重ねて、夏澄は乾いた笑いを漏らす。

ゆっくりと夏澄はその月に背を向ける。

崩れていきそうになる体を引きずるようにして、深見が待つ駐車場とは反対方向の駅に向かい、夏澄は歩き出した。

深見は、追ってはこなかった——

3　青い月に恋して

『blue　moon』

いつ誰が作ったのかもわからない、この謎の多いカクテル。

直訳の「青い月」という意味の他に、「叶わぬ恋」「できない相談」という意味もあるが、もう一つ「完全なる愛」という意味もあったことを思い出したのは、ずいぶんあとのことだった――

先ほど書き上げたばかりの辞表を眺めていると、苦いため息が零《こぼ》れた。

その音が、深夜の一人暮らしの部屋にやけに大きく響いた気がして、夏澄は苦笑する。

この決断に迷いはないはずなのに、零れたため息はひどく重苦しかった。

手にしていた辞表をテーブルの上に放り出し、夏澄はラグにごろりと横になる。

仰向《あおむ》けになると電燈の白い光が目に刺さる気がして、瞼《まぶた》を閉じた。

泣きすぎたせいで頭の芯が鈍い痛みを訴える。

自分でも馬鹿だと思う。たかが失恋で、仕事をやめようとするなんて……

でも、もうこれ以外、自分が選べる道が見つけられなかった。

この五年、次々にかわる深見の恋人たちへの贈り物やデート場所、ホテルの手配をする傍らで、その華やかすぎる女性遍歴《へんれき》をつぶさに見てきた。その奔放《ほんぽう》ぶりに呆れはしても、それが深見という男だと思っていたから、今までは気にならないふりもできた。

自分は女性として深見を癒《いや》すことはできない。けれど、深見が秘書としての自分を必要としてくれているとわかっていた。仕事に関しては妥協を許さないあの若き帝王が、夏澄の能力を認めてくれている。それだけでいいと思っていた。

なのに、気づいてしまった。もうそれだけじゃ満足できない自分に。

深見に仕事を認められるのは、単純に嬉しい。だけど、夏澄が本当に欲しいのは、深見本人だと自覚してしまえば、もうどうしようもない。

手を伸ばせば触れられる距離にいるのに、決して手に入らない男を物欲しげに眺めて、彼の周りにいる女たちに嫉妬《しっと》する。考えるだけで胸が痛んで、苦しくなる。

ころりと横を向いて手近にあったクッションを抱きしめる。

そんな惨《みじ》めで、醜《みにく》い真似をするくらいならすべてを終わらせてしまいたかった。

ギュッと瞼に力を入れて深見の面影《おもかげ》を振り払おうとするが、思いとは裏腹により鮮明に浮かんできて夏澄の唇から再びため息が零れた。

仕事の時の真剣な顔。夏澄の説教から逃げ出そうとする時の拗《す》ねた少年のような顔。不意に見せる笑顔。すべてが鮮やかに蘇《よみがえ》り、夏澄の心を捕えて離さない。多分、日ごと夜ごとにかわっていった恋人たちよりも、自分はあの男のいろいろな表情を知っている。

——だけど、それが一体何になるというの？

どんなに夏澄が深見のことを理解していたところで、深見が夏澄だけのものになることはない。

恋がこんなにも苦しいものだなんて知らなかった。

夏澄が知っている恋は、どこまでも穏やかで優しいものだった。

なのに、深見への恋心を自覚してから、夏澄は振り回され、心が勝手に傷ついていく。あの男への恋しさと、哀しさ、痛みが複雑に入り混じって、夏澄の心はもう疲れ切っていた。

『誰にも囚われないあの自由な傲慢《ごうまん》さが、あの人の最高の魅力なのよ』

この言葉を自分が理解することになるとは思わなかった。

確かに自由な傲慢さが深見の最大の魅力だった。

だが、その魅力に囚われた今、心は痛みを覚えるばかりで、彼女たちのように割り切ることも、笑うことも、夏澄にはできなかった。

この先も秘書の仮面を被り平気な顔で傍にいられるほど、夏澄は強くない。

わかってる。自分が傷つきたくなくて、逃げてるだけだってことは……

諦めたふりで、夏澄はただ楽になりたいだけだった。

何かに縋《すが》りつきたくて、クッションを強く抱きしめる。

――もう何もかも終わりにしたい……

今日の昼間、出席した友人の結婚式で目《ま》の当たりにした光景が、夏澄のその想いを強くする。

夏澄もあと一月もすれば三十歳になる。

『もう』なのか『まだ』なのか――夏澄にはわからない。

ここ五年、時間の流れが速すぎて、自分の年齢なんて気にかける余裕もなかった。

だけど、結婚して、子どもを産んで幸せそうな友人たちと話をしていて、不意に気づいてしまった。

自分が『もう』あまり若くないことに。

でも、『まだ』結婚して、子どもを作る時間が自分に残されていることに。

しかし、深見の傍にいれば夏澄はずっと囚われたまま身動きが取れなくなる。

だから、これでいいのだと夏澄は何度も自分に言い聞かせた。

†

明けて火曜日、朝七時半。夏澄はいつもどおりに出勤した。

寝不足で瞼《まぶた》が少し腫《は》れている気がしたが、化粧でなんとか誤魔化してきた。

右手に持った鞄がいつもよりも重く感じるのは忍ばせた辞表のせいなのか。

社屋《しゃおく》は普段どおり朝の静けさに包まれ、夏澄の足音だけが響く。その足取りも今日はどこか重たくなっていることに気づいて、夏澄は廊下の途中で思わず足を止めた。

窓から朝日に輝く街を見下ろす。夏澄の心とは裏腹に、窓の外は爽《さわ》やかな光が降り注ぎ、気持ちよい青空が広がっていた。

辞めることに、迷いはないはずなのに……いまだに心は揺れていた。

一つため息をつくと再び歩き出す。

秘書室に辿り着いた夏澄は鞄を自分のデスクにしまうと、いつもどおり掃除をするために社長室に掃除道具を運び込んだ。

「…………」

社長室に一歩足を踏み入れた瞬間、目の前に広がる光景にがっくりと肩が落ちる。

社長のデスクの上は言うに及ばず、応接セットの上にまで書類や文房具などいろいろなものが氾《はん》濫《らん》している。

――どうして……どうして私がたった一日休んだだけでここまで散らかせるんですか社長……

感傷も迷いも吹き飛ばすような光景に、乾いた笑いが漏れた。

とりあえず目の前に散乱している書類を整理しようと手に取った途端に、隣の秘書室が騒がしくなる。

――え？　もう社長が来たの？　いつも九時ぎりぎりに出社してくるのに……

まさかと思い時間をもう一度確認すれば、八時を五分過ぎたくらいだった。

いつもより一時間も早い出勤時間にびっくりとしていると、すぐに社長室の扉が開かれる。

書類を手にしたまま振り向けば、どこかホッとしたような表情を浮かべた深見と目が合った。

二人の間に気まずい沈黙が横たわる。互いに言葉を探しているのがわかった。

夏澄は小さく息を吐き出すと、なんとか微笑みらしきものを浮かべて頭を下げる。

「……おはようございます」

「おはよう」

この男にしては珍しく歯切れの悪い様子で挨拶が返ってきて、夏澄は苦笑する。

「社長」

「何だ？」

夏澄の呼びかけに食いつくように深見が答える。

「どうしたら、たった一日でここまで散らかせるんですか？」

「別に散らかしたわけじゃない。いつも言ってるが、俺はちゃんと自分なりのルールでものを置いている！」

手に持った書類を振って散らかり放題の社長室を示す夏澄に、深見が仏頂面でいつもの子どもじみた屁理屈《へりくつ》をこねる。いつもの軽口の応酬《おうしゅう》に、二人の間にあった緊張が緩《ゆる》む。

だが――――次に夏澄の放った言葉に、空気が固まった。

「そうですか。でしたらそのルールを次の秘書には、ちゃんと伝えてくださいね……」

「次の……？　どういう意味だ？」

「言葉どおりの意味です。私の後任の秘書を探してください。引継ぎが終わり次第、仕事を辞めます」

怪訝《けげん》そうな深見に、夏澄はいっそ穏やかとも思える微笑を浮かべ頭を下げる。

「…………」

「――――っ!!　痛っ!!　社長……」

大股で歩み寄ってきた深見に不意に手首を掴まれ、夏澄は痛みに顔をしかめた。

抗議のために顔を上げれば、思ったよりも間近に怒気も顕《あら》わな深見がいて、夏澄は言葉を失った。

「本気で言ってるのか？　仕事を辞めると？　変化を望まないお前のために時間をやったのに、それが仇《あだ》になったか？」

「社……長……？」

「あの夜があっても変わらないお前に焦《じ》れて、泣き顔を見たいと思った俺が悪かったのか？　本気で俺の傍から離れるつもりか？」

怒りに煌《きら》めく深見の瞳に、背筋がぞくりと震えた。このままではまた囚われる。そう思った。

夏澄はなんとか逃げ出そうと深見の手を振り払おうとする。

だが次の瞬間、痛みを覚えるほどの力で顎《あご》を掴まれて、顔を固定された。焦点が合わないほどに深見の端整な顔が近づいてくる。その真っ黒な瞳から逃げられない。

キスをされるのだと理解した瞬間、覚えたのは怒りだった。何で今、キスしようとするのか意味がわからない。それで夏澄が大人しくなると思っているのなら冗談じゃない。

「い……やっ‼」

どうにかして逃げようとして腕を突っ張り、顔を背けてあらん限りの力で深見の唇を避けた。そして、深見の足を革靴の上からヒールで思いっきり踏みつける。

「っ！」

深見の腕が痛みで緩《ゆる》む。その隙になんとか逃げ出すことができたが、それも一瞬のこと。すぐに深見に片腕を掴まれる。

「夏澄‼」

暴れる夏澄を抱き寄せようとする深見に、「やめてください！」と叫ぶ。

――バタン！

夏澄が叫んだ瞬間、勢いよく社長室の扉が開けられた。二人ともハッとしてそちらを振り返る。

「おーい！　良一もう来……てるか……って」

突然、社長室に入ってきた人物は、夏澄と深見の様子に呆気に取られたように、言葉を呑み込んだ。気まずい沈黙が三人の間に落ちる。

「はぁー」

その人物は一つ大きく嘆息すると、開けた時の勢いとは真逆の静かな動きで扉を閉め、すたすたと二人の傍にやってきた。

「良一……いくら夏澄ちゃんが可愛くて我慢できなかったとはいえ、無理強いはいかんと思うぞ？」

「親父」

「……会長」

その人物――孝之の言葉に、夏澄は自分たちの今の状況を認識して顔を赤く染めた。

今のこの構図だけを見れば、痴話喧嘩《ちわげんか》をしているカップルにしか見えないだろう。慌てて深見から離れようとしたが、身じろいだ瞬間に掴まれていた腕が引き寄せられる。

「親父、見てのとおり取り込み中だから、急ぎの用件じゃなければあとにしてくれ！」

「社長!!」

何を言い出すのだこの人は……!!

唸《うな》るようにそう言った深見に、夏澄は焦《あせ》りに駆られる。孝之は夏澄と深見の様子を交互に眺めて、何かを考えると「ふむ……」と頷き、「それは無理だな」とにっこりと笑った。

「何でだよ!?」

「わしは可愛い子の味方だからだ！　このバカ息子！」

「っ!!」

苛立ちを隠さない息子を一喝《いっかつ》した孝之が、深見の脛《すね》を思い切り蹴飛ばした。深見の腕が緩《ゆる》んだ隙に、夏澄は深見の腕の中から助け出され、孝之の背中に庇《かば》われる。

「何があったが知らんが、とりあえずおまえは少し頭を冷やせ。ということで、夏澄ちゃん、わしと一緒に逃げるぞ！」

「え？　え、会長!?」

「親父!!」

今度は孝之に腕を引っ張られ、夏澄は方向転換させられる。背後で深見の怒声が聞こえたが、振り返る余裕はない。社長室の扉を蹴破る勢いで開け放った孝之が、夏澄の手を引いたまま勢いよく走り出す。

「会長！　何事ですか!?　え!?　伊藤君!?」

秘書室に控えていたらしい秘書の戸田が、突然飛び出してきた二人に驚愕《きょうがく》している。

それに「戸田！　良一を捕まえておけ！　わしは夏澄ちゃんと愛の逃避行をする！」と孝之が叫び返した。

「えぇーー？　うわ！　良一さん!?」

「親父!!　待て!!　戸田、邪魔だ!!」

短い廊下を駆け抜けて、ちょうど開きっぱなしになっていたエレベーターに乗った。社長室のほうから深見と戸田の争う声が聞こえてきたが、孝之は構うことなく地下駐車場への直通ボタンを押しエレベーターの扉を閉めてしまう。

――一体、何が……？

孝之の突然の奇行に呆気に取られていた夏澄が我に返った時には、車の後部座席に孝之と並んで座っていた。運転席では孝之のお抱え運転手がハンドルを握っている。

「夏澄ちゃん見たか？　わしらが社長室を飛び出した時の良一の顔を！」

「……会長」

楽しげに笑う孝之の顔を見つめ返すも、夏澄は言葉の先が続かない。

「ん、どうした？　夏澄ちゃん、顔色が悪いが急に走ったから具合が悪くなったか？」

言葉を失っている夏澄を心配そうに覗き込んでくる孝之に、「いえ、大丈夫です」と答えるが、何が大丈夫なのか自分でもよくわかっていない。

深見に対して沸騰《ふっとう》していた感情が、予想外の出来事にその矛先を失い、一気に脱力していた。

孝之の前だというのに、深いため息が零《こぼ》れた。孝之の大きな手が伸びてきて、まるで小さい子どもにするように、わしわしと頭を撫でられる。

「会長……」

「うちのバカ息子が苦労させたみたいだな。すまん。夏澄ちゃん」

何もかもをわかっていると言うように孝之が慈愛に満ちた眼差しで夏澄を見つめてくるから、不覚にも泣きそうになる。

「そんなこと……ありません……」

小さな声で夏澄は返す。優しい孝之の手の感触に、秘書の仮面が剥《は》がれてしまう。

苦労だなんて思ったことはない。深見と過ごした日々は夏澄にとってはかけがえのない時間だった。ただ、夏澄が馬鹿だっただけだ。

叶わないとわかっているのに、深見に恋をした――

「苦労だなんて……。苦労だなんて思ったことありません」

やっとの思いでそれだけ呟くと夏澄は俯《うつむ》いた。その夏澄の頭を孝之がぽんぽんと優しく叩く。

昔と変わらない孝之の優しさに、夏澄は涙を堪《こら》えるのに精一杯になる。そして、謝るべきなのは自分だと思った
五年前、孝之が寄せてくれた信頼を裏切ろうとしている自分が、ひどく情けなかった。

『良一を支えてやってくれ。夏澄ちゃんが適任だ』

そう言って夏澄を深見の秘書に推薦してくれたのは孝之だった。

五年前まで夏澄は孝之の個人秘書の一人として仕事をしていたが、孝之は体調不良を理由に引退

する際に、夏澄を深見の秘書に抜擢《ばってき》した。あの頃の夏澄は社会人になってやっと三年目。大学時代にいろいろと習得していた資格のおかげで、なんとか孝之の個人秘書の末端として仕事をこなしていたが、まだまだ半人前もいいところだった。なのに、突然降って湧いたような社長第一秘書への抜擢。恐れ慄《おのの》く夏澄に、孝之は言った。

『良一は昔から何でも器用にこなせる奴だったせいで、傲慢《ごうまん》でわがままなところがある。できない人間の気持ちがわからんのだ。社長としてこれからを任せられるのは良一だけだと思う。だが、あいつは人の上に立つにはまだまだ足りんもんがある。だから、夏澄ちゃんみたいな真面目な子が必要なんだ。どうかあのバカ息子の重《おも》しになってやってくれんか？』

そう言って孝之は夏澄に頭を下げた。真面目さしか取り柄のなかった夏澄の、その取り柄を評価しての抜擢だった。

そうして仕えた深見は孝之の言うとおり、わがままで傲慢で、私生活にいたっては何一つ褒められない人だった。だけど、長く一緒に過ごすうちに気づいた深見の不器用さに、夏澄は惹かれずにはいられなかった。

そして、深見への憧れはあの夜、恋に変わった。

孝之から寄せられた信頼と思いに応《こた》えたいと思っていたのに。

あの不器用な人を支えたいと思っていたのに。

「申し訳ありませんでした。会長……」

馬鹿な夢に囚われて、夏澄はすべてを投げ出して逃げるつもりだった。

責任のある大人のすることじゃない。わかっているのに、夏澄はこの想いをもう抑えられない。

思わず零《こぼ》れた夏澄の謝罪に、孝之が束の間沈黙した。そしてため息まじりに静かに問いかけてくる。

「夏澄ちゃんは何を謝ってるんだ？　あのバカ息子を好きになったことを謝っているのか？」

その問いに夏澄はびくっと体を強張《こわば》らせて、再び言葉を失った。俯《うつむ》いていた顔を上げて孝之を見つめ返すが、答えが思いつかない。孝之にはすべてを見透《みす》かされていることに夏澄は気づく。

この恋心も、それゆえの愚かな行動もすべて――

「夏澄ちゃん？」

何も言えない夏澄を孝之が静かに見つめてくる。嘘を許さないその眼差しに夏澄の心が竦《すく》んだ。

身の程知らずの恋をしている自覚はある。あの人を愛したのは私の人生最大の過《あやま》ち。

だけど――

無言のまま孝之と見つめ合っているうちに、夏澄の中に生まれる強い想いがあった。

あの人を――深見を好きになった自分まで否定したくない。

孝之に対して覚える罪悪感は確かにある。しかし、それは孝之の期待と信頼を裏切って、すべてを投げ出して逃げ出そうとしていることについてだ。深見を好きになったことまでを謝るつもりはなかった。

「ち、がいます。私が会長に謝りたいのはそのことじゃありません」

答えた声はわずかに震えてしまったが、夏澄は孝之から目をそらさなかった。

一瞬の沈黙のあと、孝之がふっとその目元を緩《ゆる》めた。

二人の間にあった緊張も緩む。

「そりゃあ、よかった。もし、夏澄ちゃんに良一を好きになってごめんなさいとか言われたら、さすがのわしもへこんだと思うからな！」

「会長……」

「あのバカ息子が社長になって一番の功績は、夏澄ちゃんの心を捕まえたことだと思ってる」

「そ、んな……どうして……？」

「ん？　わしは夏澄ちゃんが気に入ってる。良一の嫁に欲しいと思ってたからな。まぁ、良一が捕まえられなかったらわしが嫁にもらうつもりだった」

「どうして……？」

孝之の思いがけない言葉に驚いて、まるで子どものようにどうして？　を繰り返す。

自分のことは知っているつもりだ。自分はシンデレラになれるような人間じゃない。

だから、孝之の言葉に困惑せずにはいられなかった。戸惑う夏澄に孝之が優しい笑みを浮かべて、再び頭をポンポンと叩く。

「わしは夏澄ちゃんのことをよく知ってるつもりだ。だから、今、わしが夏澄ちゃんに言葉を尽くしてどこを気に入って良一の嫁に欲しいと言ってるか語っても、素直に信じられないだろうってこともわかってる。だから夏澄ちゃん、わしと賭けをしないか？」

「か、賭けですか？」

「そう、賭けだ」

にやりと孝之が笑った。話についていけずにいる夏澄に構うことなく、孝之は上着からスマホを取り出してどこかに電話をかけ始めた。

『クソ親父!! 今どこにいる!! 夏澄は!!』

すぐに孝之のスマホから深見の怒鳴り声が聞こえてきた。

「おう、良一。その様子だとまだ頭が冷えてないみたいだな」

あまりの大音声《だいおんじょう》に孝之はスマホから耳を離すと顔をしかめた。

「これじゃあ、スピーカーの必要はないかの？」と言いながらも、スマホのスピーカー機能をオンにして、のほほんとした様子で深見に話しかける。

『ふざけんなよ！ このクソ親父!! 夏澄を今すぐ返せ!!』

スピーカーにしたことでよりクリアになった深見の怒声が聞こえてくるが、孝之は人を喰《く》った様子で一言「嫌だね」と答えた。

『アぁ？ なんだと!! いい加減にしろよ!!』

深見の声が恫喝《どうかつ》を含んで低くなる。聞こえてくるその怒声に、夏澄は自分に向けられたものではないとわかっていたが、体が震えそうになった。

「いい加減にするのはおまえだと思うぞ、良一？ 今時、小学生でも好きな子の気を引くためにあんなくだらんことはせん」

『うるさい!! さっさと居場所を吐け!!』

「なぁ、良一。わしはこれから夏澄ちゃんと賭けをすることにした」

『何だよ？　賭けって!!　そんなことよりも!!』

深見の怒鳴り声など聞こえないとばかりに孝之はどんどんと話を進めていく。

「その賭けに夏澄ちゃんが勝てば、おまえのもとに返してやる。だが、わしが勝ったら夏澄ちゃんはわしの嫁にする」

『ふざけんな!!』

「別にふざけちゃおらん。わしはいつだって本気だ。それはおまえもよく知ってるだろうが。まあ、フェアじゃないから今回の賭けにはお前も参加させてやろう。お前の頑張り次第で夏澄ちゃんを勝たせてやる」

『どういう意味だよ!?』

「これからわしらは夏澄ちゃんが一番行きたいと思う場所に向かう。おまえは十八時までにわしらを見つけろ。お前が十八時までにわしらを見つけ出せたら夏澄ちゃんの勝ちだ。お前が見つけ出せなければわしの勝ちで、夏澄ちゃんはわしの嫁になる。簡単だろう？」

『ちょっと待てよ!!　親父！』

深見の声が焦《あせ》りを帯びている。

「ヒントはやらん！　自分で考えろよ？　精々頑張れバカ息子。好きな女の行きたいところくらいすぐに思いつけよ」

『このっ!!　クソ親父!!　待っ……』

しかし、孝之は一方的に言いたいことだけ捲《まく》し立てると、さっさとスマホの電源を落とした。

そして、にやにやと笑いながらスマホを上着のポケットにしまい、夏澄に視線を向ける。

「さて、夏澄ちゃん。賭けを始めようか――」

にやりと凄味《すごみ》のある笑みを浮かべて孝之はそう言った。

その笑みに夏澄の不安が一気に高まる。

何かとんでもない事態に巻き込まれている気がする。そう思うが、暴走を始めた孝之を止めることは夏澄には荷が重かった。

だが、彼は今頃、秘書室に深見と取り残されて、怒り狂っているだろう。

「夏澄ちゃん。そんな不安そうな顔をしなくても大丈夫。わしはこう見えても凄腕《すごうで》の仲人《なこうど》だ。わしが取り持った二人は一〇〇パーセントうまくいってる。そのわしの直感が、夏澄ちゃんとうちのバカ息子は絶対にうまくいくと五年前から告げてるから大丈夫じゃ！」

ぽんぽんと宥《なだ》めるように夏澄の肩を叩いて微笑みかけてくるが、夏澄は何と答えればよいのかわからなかった。

孝之の仲人好きは知っているし、確かに一部ではその縁結びの凄腕ぶりは有名だ。だが、その取り持ち方が破天荒《はてんこう》だということも、また非常に有名なのだ。

お見合いをした初対面の二人を無人島に一週間放り込んだとか、ぎくしゃくした二人を劇的に仲直りさせるために彼氏の前で彼女を誘拐させたとか、いろいろと突拍子もない噂が流れている。

孝之に仲を取りもってもらったカップルたちが彼に感謝しつつも、噂の真相を尋ねられると苦笑いで口を閉ざすことは広く知られている。夏澄もその噂を知ってはいたし、実際に孝之が仲人をしているのを手伝ったこともあるが、その時は普通に食事会のセッティングなど、極々平凡なお見合いだった。

孝之のこの殿様的な性格のせいで、噂に尾ひれや胸びれがついて大げさになっているのかもしれないと思っていたが、こうして見てみると、あれらの噂は誇張《こちょう》でもなんでもなかったのだろう。まさか、自分がその孝之の破天荒《はてんこう》ぶりに巻き込まれることになるとは思ってもいなかった。

孝之がこういう事態に非常に手馴《てな》れている気がする上に、子どもみたいにわくわくした表情を浮かべているから、夏澄はなんだか毒気が抜かれてしまった。

体から一気に力が抜けて、夏澄は座席にもたれる。

「心配しなくてもいい。もしだめになっても、その時はわしが責任もって夏澄ちゃんの面倒をみてやる。だから安心してうちに嫁においで？」

多分ウィンクのつもりだったのだろう。両目を瞑《つぶ》ったあとに孝之に微笑まれて、夏澄は思わずクスリと笑った。

「それじゃ、それじゃ。夏澄ちゃんはそうやって笑っているのが一番可愛い」

満足そうに孝之がにこにこと笑った。

「さて、夏澄ちゃん。そうと決まったらわしと賭けを始めよう？」

「会長……」

「話は聞いていたとおりだ。あまり深く考えんでいい。あのバカ息子が十八時までにわしらを見つけ出せたら夏澄ちゃんの勝ちだから、あの馬鹿と別れても文句は言わん。煮るなり焼くなり好きにしてくれ。だが、わしが勝ったら、あの馬鹿ともう一度やり直してくれんか……？　夏澄ちゃんにしたら最低の恋人かもしれんが……」

ここまできてようやく冷静になった夏澄は、一点だけ孝之がとんでもない勘違いをしているらしいことに気づいた。

「あ、会長！　ちょ、ちょっと待ってください！」

どんどんと話を進めていく孝之に、夏澄は焦《あせ》って声を上げた。

「ん？　やっぱりもうダメかな？　あいつとはやり直せんか？」

哀しげにため息をつかれても困る。まるで深見と夏澄が恋人のような前提で、孝之は話しているが、二人はただの社長と秘書の関係でしかない。それ以上でも、それ以下でもない、夏澄のただの片思いだ。

孝之の行動に振り回されて、夏澄は今の今まで自分がかなり冷静さを失っていたことを自覚する。気持ちを落ち着かせたくて、夏澄は一つ大きく息を吐き出した。

「いえ、そういうことではなく。会長は誤解されています。私と社長は恋人でもなんでもありません。私のただの片思いです」

「…………へ？」

夏澄の言葉に、孝之が何故か絶句して固まった。

二人の間になんとも言えない空気が流れる。

しばしの沈黙のあと、孝之が疲れたように大きなため息をついた。

「あー、夏澄ちゃん。すまんが一つ確認させてくれ……。あの馬鹿と夏澄ちゃんは付き合ってるんじゃないのか？」

「いいえ……」

「本当に？」

「はい……」

「本当の本当に？　わしに遠慮してるとかじゃなく？」

「はい。社長とはそういう意味でのお付き合いはしてません」

「うう――――」

孝之ががっくりと肩を落とし、手のひらで顔を覆《おお》って唸《うな》り出す。

「会長？」

「すまん。夏澄ちゃん、ちょっと待ってくれ。頭を整理したいから、少しだけ待ってくれ」

消沈した様子を見せる孝之を心配して声をかければ、夏澄に向かって片手を振って答える。

「うー、あれは馬鹿の上に、ヘタレなのか……？　え？　わし、どこで育て方間違った？　五年も一緒にいてこの拗《こじ》れ具合って、あのバカ息子は一体何をやってるんだ？」

しばらくの間、ぶつぶつと小声でわけのわからない自問自答をしたあと、孝之は何かを誤魔化すようににっこりと笑って唐突に言った。

「夏澄ちゃん。わしにハンデをくれんか？」

「え……？　ハンデ、ですか……？」

孝之の言葉の意味がわからず、夏澄は思わず聞き返した。

「良一がどうしようもないほどの馬鹿でヘタレなのはわかった。あれはきっと約束の時間内に夏澄ちゃんを見つけ出すことはできんだろう。だが、十八時まで見つけ出せなくても今日中には見つけ出せるとは思う。見つけ出してもらわないと困る。だから、ハンデとして今日の零時《れいじ》までわしに時間をくれんか？」

真摯《しんし》な眼差しでこちらを見つめてくる孝之に、夏澄の心は揺れた。

深見は本当に夏澄を追いかけてきてくれるのだろうか？

夏澄には、深見が自分を探してくれるとは、どうしても思えなかった。

なのに……孝之の言葉に賭けてみたいとふと思った。

どうせ終わりにするつもりだったのだ。

だったら最後くらい、孝之との無茶苦茶な賭けに乗ってもいい気がした。

いつも、いつも深見が他の女性とデートを繰り返すのをただ物欲しげに眺めているだけだった。

自信のなさを言い訳にして、この恋から逃げ続けてきた。

最後くらい、足掻《あが》いてみようか……

「社長は……本当に、私を探してくれるでしょうか？」

夏澄の唇から零《こぼ》れたのは最後の迷いだった。

「大丈夫じゃ。あいつはどうしようもない馬鹿だし、やってることも今どき小学生でもやらないようなしょうもないことばかりだが、今頃絶対に夏澄ちゃんとわしを探すために必死になっているはずじゃ。あの電話も聞こえていただろう？　あれだけ必死になっている良一なんて、わしはしばらく見ておらん。だから、心配しなくてもいい」

孝之の言葉にいまだに半信半疑の部分はあるが、どうせこれが最後なのだ。

今まで振り回されてきた分、深見を振り回してみるのも楽しいかもしれない。

深見が全く夏澄を追う気配を見せなければ、自分の価値はそれまでと今度こそ諦めもつく。

興味を失ったものに対しては、指先一本動かさない男だ。

だから……だから、もし、孝之が言うとおりに、深見が夏澄を追いかけてくれるというのなら、自分にもまだチャンスはあるのだと思えた。

もしダメでも、予定どおり辞表を出して、深見のもとを去ればいいことだ。もうこれ以上、失くすものなど夏澄にはなかった。そう思えば、覚悟も決まる。

「わかりました。会長、賭けに乗ります」

孝之をまっすぐに見つめて、夏澄はそう伝えた。

満足そうに孝之が笑みを深める。

「ありがとう、夏澄ちゃん。今日中にあの馬鹿が夏澄ちゃんを見つけ出すことができたら、あいつに最後のチャンスをやってくれ。あいつとの将来を考えてみてくれ」

「はい……」

最後のチャンスをもらったのは夏澄のほうだ。

「さて、そうとなったら夏澄ちゃん、今一番どこに行きたい？」

問われて夏澄は考える。

――私が今、一番行きたい場所……？

すぐさま思い浮かんだのは、たった一つの場所だった。

その場所しか思いつけなかった。

あの場所で待っていたら深見は見つけてくれるだろうか？

夏澄の想いに気づいてくれるだろうか？

多分、最もわかりやすくて、一番難しい場所――――夏澄のたった一つの居場所。

「私が……私が今、一番行きたいのは――」

告げた場所に、孝之はそれはそれは面白そうににやりと笑った。

「いい場所を思いついたな、夏澄ちゃん」

†

『ヒントはやらん！　自分で考えろよ？　精々頑張れバカ息子。好きな女の行きたいところぐらいすぐに思いつけよ』

「このっ!!　クソ親父!!　待て!!　待てよ!!」

いつもと変わらない飄々《ひょうひょう》とした態度で、言いたいことだけ言うと孝之は一方的に電話を切った。

「くっそ!!」

悪態をつきながら深見はすぐに電話をかけなおしたが、スマホから聞こえてくるのは『おかけになった電話番号は……』というアナウンスだった。

「あのクソ親父!!」

思わず机を蹴飛ばすと、「良一さん。少し落ち着かれたらどうですか？」と会長秘書の戸田昭信《あきのぶ》が声をかけてくる。

「これが落ち着いていられるか!?」

怒鳴り返す深見に戸田が大きなため息をついて、落ちてきてもいない眼鏡《めがね》のブリッジを押し上げる。

「良一、少しは落ち着けよ。親父さんの突拍子のなさは今に始まったことじゃないだろうが。何をそんなに興奮してる？」

会長秘書の仮面を脱いで幼馴染《おさななじみ》の顔に戻った戸田に静かに聞かれ、自分が冷静さを失っていることに気づいた深見は大きく息を吐き出した。

クソ親父に対する苛立ちはあるが、癇癪《かんしゃく》を爆発させている場合ではない。

「……すまん」

「いや、おまえの癇癪には慣れてる。で？　親父さんはなんて言ってきたんだ？」

「…………」

胸くその悪くなる賭けの内容を思い出して黙り込む深見に、「良一？」と答えを促《うなが》すように戸田が名前を呼んでくる。

思い出すだけで血管が切れそうな賭けの話を告げるのは嫌だったが、今、深見が協力を頼めるのは戸田しかいない。

――わかっている。わかっている。わかっているが!!

深見のプライドが邪魔をした。

なおも黙り込む深見を、眼差しだけで戸田が催促してくる。

「……あのクソ爺《じじい》。これから自分たちは夏澄が一番行きたい場所に向かうから、十八時までに夏澄を見つけ出せなかったら、夏澄を自分の嫁にするとかほざきやがった!!」

あの父親がこういう行動を起こした時は、絶対に有言実行する。

周りがどんなに無茶だ！　やめろ！　いい加減にしろ！　と説教しても、宥《なだ》めてもすかしても、言うことを聞いたためしがない。

このまま夏澄を見つけ出すことができなければ、父親は本気で夏澄を自分の嫁に迎えるだろう。

――夏澄を義母と呼ばなければならないなんて冗談じゃない！

一瞬想像してしまった嫌すぎる未来に、思わずドンッ！　と机に拳を叩きつける。戸田は眼鏡《めがね》の奥の瞳を見開き、次の瞬間、面白がるようににやりと笑った。

「それは大変だな。あのおっさんなら、やると言ったら本当にやるだろうな……」

「わかってる！」

「だったら、さっさと動けばいい。伊藤君の一番行きたいところなんて、お前なら簡単だろう？

それで、あの破天荒《はてんこう》なおっさんを十五時までに捕まえてきてくれ」

「………」

腕を組んで余裕の表情でこちらを見つめてくる戸田に、深見は答えられなかった。

「良一？」

黙り込む深見に戸田が訝《いぶか》しげに名前を呼んでくる。

「お前、まさかと思うがわからないのか？　彼女の行きたい場所が？」

「………」

「伊藤君に惚れてるんじゃないのか？」

酒を飲むついでにぐだぐだと愚痴ったせいで、深見の想いも行動の何もかも、戸田には見透《みす》かされている。

沈黙する深見に戸田が呆れたような眼差しを向けてくる。

だが、深見にはわからなかった。

夏澄の一番行きたいところと言われても、すぐに思いつける場所がない。

そんな自分に深見自身、呆然とする。

いつも、いつも傍にいるのが当たり前だった。

深見がどんなに機嫌が悪かろうと、八つ当たりしようと、夏澄は変わらない態度で傍にいてくれた。

後ろを振り向けば、いつも穏やかに微笑んで、深見を待っていた。

美味しい珈琲《コーヒー》と深見の密かな好物のマドレーヌを用意して、息を抜きたいと思う絶妙なタイミングで深見を休ませてくれる。

そんな彼女の優しさと強さに甘えていた。

自分がどんなことをしても彼女だけは待っていてくれる——そう思い込んでいた。

彼女の存在があったからこそ、自分は自由に動けた。

彼女の、夏澄の存在に、この五年ずっと癒《いや》されていた。

気づけばどんどんと夏澄に惹かれていた。

いつも、いつも振り回して勝手なことばかりをしてきた自覚はあるが、それでも深見は夏澄を愛していた。

あの夜——ソファにもたれかかり疲れた様子で眠る彼女を見つけた時、深見の中の何かが切れた。

気づけば彼女を抱き寄せていた。

腕の中の華奢《きゃしゃ》な体は怯《おび》えて震えてはいたが、そこに深見への拒絶はなかった。

許されていると感じたあの瞬間、深見が覚えた歓喜を彼女は知らない。

触れ合わせた肌はただただ甘く、深見は本能にまかせて貪《むさぼ》った。

初めてだった体に無理をさせた自覚はあったが、それでも徐々に快楽に溺《おぼ》れていく夏澄が可愛くて、どうしようもなかった。

惚れた女と過ごす甘く幸福な夜に溺れていた。

しかし、幸せな気持ちのまま目覚めてみれば、夏澄は素っ気ないメモを一枚残して消えていた。

控え目な夏澄らしいと言えばあまりに夏澄らしい行動に呆れはしたが、あの時はまだどこかで楽観視していた。

あの甘く幸せな夜を夏澄も忘れられるわけがないのだと。

しかし、翌朝出勤してみれば、夏澄は前夜のことなど何もなかったような顔をしていた。だからこそ逆に、彼女の不安を感じ取ってしまった。

強引に手を伸ばせば多分、夏澄は受け入れただろう。だが、自分も愛人の一人と勝手に決めつけて心を閉ざすことは目に見えていた。

そして、あっさりと深見のもとから姿を消す光景まで想像できた。それを考えたら、強引なことなど何一つできなかった。頑《かたく》ななまでに秘書としての自分を貫こうとする夏澄の姿に、その心が解《ほど》けるのを待つしかないのだと思った。

だが、元来深見は我慢なんてものができる性格ではなかった。

この五年、彼女を失うことを恐れて、いろいろなことを我慢してきた分、夏澄に触れたいという欲求を抑えるのは非常に難しかった。

変化を恐れる彼女のペースに合わせるつもりでいたのに、あの夜から半年経っても何も変わらない彼女に焦《じ》れて、女の影をちらつかせてみたりと、今時、子どもでもしないようなことを仕出かした。

ほかの女とのデートの手配を頼むたび、完璧な秘書の仮面の下にほのかに見える動揺。それだけが、自分が想われていると感じさせてくれた。

そんなことでしか夏澄の想いを確認する術《すべ》を思いつけなかった。

意地を張れば張るほどに夏澄の心は頑《かたく》なに鎧《よろ》われて、焦《じ》れったいと思うと同時にこのまま本当に見捨てられるのではないかというわずかな不安を覚えた。

やがて深見は夏澄の気持ちがわからなくなっていった。

今までの女たちなら当然のように深見を束縛しようとあれやこれやと言ってきたのに、夏澄は何も言わない。あの夜のことをすべて忘れてしまったようにふるまう夏澄に、深見もどんどんとむきになっていった。

このままでは夏澄を失うとわかっていたのに、プライドが邪魔をして素直になれず、時間だけが過ぎ去っていった。

そうして、自分の行動の何もかもに夏澄がとうの昔に愛想をつかしていたことを知った。

『私が恋をしたらおかしいですか？　私にも好きな人はいます』

惚れられているはずだ――そんな思いで意地を張って、素直になれなかった自分の愚かさを、あの一言で自覚させられた。

あの夜と違い、抱き寄せた夏澄の中にあったのは深見への拒絶だった。

初めて夏澄に拒まれて、自分の馬鹿さ加減に気づいてもすべてが遅かった。

夏澄にこれ以上拒まれるのが嫌で手を離せば、あっさりと彼女は深見から逃げ出してしまった。

泣いて逃げた夏澄に、深見はどうすればいいのかわからなかった。

また、間違えて、夏澄を傷つけて泣かせてしまうかもしれないと思うと、夏澄を追いかけることができなかった。

他の男であれば夏澄を大事にできるのかもしれない。幸せにできるのかもしれない。

だけど、自分は彼女を手放すことなんてできない。

まだ諦めたくない。諦めたくないのだ。

それにあのクソ親父の嫁にするとか絶対に冗談じゃないと思う。

なのに……夏澄の行きたいところ一つ思いつかない自分がひどく情けなかった。

「……なぁ、夏澄はどこに行きたいと思う？」

思わず戸田に尋ねれば、思い切り呆れたような眼差しが向けられた。

「はぁ？　俺が伊藤君の行きたい場所なんて知るわけないだろうが！　全くお前は今まで何をしていたんだよ？」

言われても返す言葉が見つからない。

そんな深見につかつかと歩み寄ってきたと思ったら、いきなり拳骨《げんこつ》を頭に落とされた。

身構える暇もなく振り下ろされた拳に、悶絶《もんぜつ》する。

「……いっ!!　昭信！　いきなり何するんだよ！」

「寝ぼけてるみたいだから気合を入れてやったんだよ！」

「どういう意味だよ!?」

「言葉どおりの意味だよ。ったく。ここまで情けない奴だとは思わなかったよ。もうあれだ。おまえはとりあえず動け。仕事のほうはこっちがなんとかしておくから。ここでうだうだしてても時間がもったいないだろ。早く見つけないとあのおっさんは本当に伊藤君を嫁にするぞ？　それでもいいのか？」

他の男が夏澄を手に入れる未来なんて想像もしたくない。

ましてやその相手があのクソ親父だなんて、ますます冗談じゃないと思う。

夏澄は自分の嫁にしたいのであって、決して義母にしたいわけじゃない。

「いいわけないだろうが！」

「だったら、さっさと動けよ。このヘタレ」

「うるせー！」

図星をさされた深見は、怒鳴り返しながら立ち上がる。

戸田の言うとおり、ここでうだうだと考えていても時間が経っていくだけだ。

夏澄を取り戻すためには動くしかなかった。

戸田の拳のおかげというわけではなかったが、目が醒《さ》めた気がした。

夏澄がどこに行きたいのか心当たりはない。

だけど、絶対に見つけ出してみせると深見は思った。

「色々と悪かったな。おかげで目が醒めた。あとは頼む！」

「はいはい。頑張れ。わかっていると思うが今度こそ素直になれよ？　そうじゃないと伊藤君の性格からして、辞表の一つでも書いていなくなるぞ？　せいぜい踏ん張れ」

戸田に言われた未来にぞっとする。確かに夏澄ならそれくらいのことをやりかねない。というか実際に仕事を辞める気でいるだろう。

「わかってる」

「あと、俺から一つだけアドバイスだ。あの手の小動物は強引にでも捕まえないとすぐに逃げていくぞ。だからさっさと囲い込んじまえ」

「ずいぶん乱暴だな？」

普段はわりと冷めている戸田らしからぬアドバイスに面食らう。普通、逆じゃないか？　と問えば、戸田は首を振る。

「伊藤君は人の感情に敏感だからな。特にお前の感情や気分、体調まで本当によく把握している。だから、お前が少しでも引けば、伊藤君も同じだけ怯《おび》えて逃げてく。だから強気で囲い込むのが得策だよ。俺様ぶりを発揮するのは得意だろう？」

「余計なお世話だ！」

からかいまじりの戸田の言葉に腹が立つと同時に、深く納得もする。

確かに、こちらが引けば引くだけ、夏澄は逃げていくだろう。

自分がらしくもなく臆病になっていたことに気づいて、深見は苦笑する。

「お前ならガラスの靴なんてなくても、伊藤君をちゃんと見つけられるだろう。だから、さっさと臆病なシンデレラを捕まえてこい」

「いろいろと悪かったな。ありがとう」

「礼はいいから、できれば十五時までにあの無駄に元気なおっさん捕まえてきてくれ」

肩を竦《すく》めた戸田が手を振って、疲れたような様子で頼んでくる。

「親子ともども迷惑かける」

「そう思うならさっさと行け」

追い払うような仕草をする幼馴染《おさななじみ》に苦笑して、深見は夏澄と自分の父親を追うために社長室を出た。

†

深いため息が、一人きりの車内にむなしく響く。

確認するまでもなく自分が今、ひどく苛立った情けない顔をしている自覚が深見にはあった。

思わず悪態を零《こぼ》し、ハンドルを殴りつける。

「……っくそ！」

約束の十八時をとうに過ぎた二十時――

深見は夏澄を見つけ出すことができずにいた。

思いつく限りの場所は探した。

夏澄の部屋、休日にたまに行くと言っていた図書館や美術館、卒業した大学。

探して、探して、必死に夏澄との他愛ない会話を思い出してみたが、思いつく場所――そのどこにも夏澄はいなかった。

夏澄が今、一番行きたいと思う場所——

そう言われても、深見が思いつける場所はあまりに少なかった。

自分は一体、夏澄の何を知ったつもりでいたのだろう？

そう思わずにはいられない。

彼女のことを理解しているつもりでいた。いつも傍にいたから。

振り向けば穏やかな微笑みを浮かべた夏澄が深見の後ろにいる。

その安心感に浸《ひた》り切り、彼女のことを何も知ろうとしていなかった自分を思い知る。

それでも、夏澄が好きだという思いは変わらなかった。

愛しているのだ。

身勝手だと自分でもわかってる。

振り回してばかりいるが、夏澄を愛するこの想いに嘘はない。

地味で真面目で堅物《かたぶつ》な、父親に押し付けられた花嫁候補。

初めて夏澄を紹介された時、深見が持った第一印象は最悪と言ってよかった。

父が夏澄を気に入って、自分の嫁にしようと企《たくら》んでいることは明らかだった。

あのクソ親父が他人の恋路に首を突っ込んで掻き回しているのは知っていたが、息子の結婚にまで余計な口を突っ込んでくるなと思っていた。

会社を引き継いだばかりで、まだまだ自由でいたかった。

自分の容姿と財力があれば、どんな女でも簡単に手に入る。

だから、わざと夏澄に自分の女性遍歴《へんれき》を見せつけるような真似もした。

父親の後ろ盾を笠に着て、婚約者の真似事をするようならすぐに首にするつもりだった。

人を信じられず、自分の力だけを頼りにしている傲慢《ごうまん》で鼻持ちならない男——それが当時の深見だった。

だが、自分のどうしようもない愚かさに気づかせてくれたのは、その夏澄だった。

『ふざけてません！　だいたい、私一人、払いのけられないくらいふらふらのくせに、強がらないでください!!　今、物事がうまくいかないのは社長が全部一人で抱え込みすぎるからです!!　もう少し部下を信用してください!!　それに社長みたいな怖い顔の人間に睨《にら》まれたら皆が委縮《いしゅく》します！　持っている能力だって発揮できません！　少し休んでもうちょっと穏やかな表情にしてください！　あなたが今日一日眠る時間くらい確保してみせますから!!』

今でもはっきりと耳に残ってる夏澄の震えた怒声。

あれはまだ二人が一緒に仕事を始めたばかりの頃。

深見は一つの大きな局面に立たされていた。

父親から引き継いだ会社を今よりも大きくしたくて、無茶な取引を敢行《かんこう》した。

部下を信用できずにすべて一人で背負い込み、寝る間も惜しんで奔走《ほんそう》したが、うまく行かない事態にいらいらとし、社員に八つ当たりする——そんな深見を、夏澄が怒鳴りつけてきたのだ。

社長室に響いた夏澄の怒声に、深見は驚いた。

『お茶くみくらいしかできない秘書に何がわかる！　どけ!!』

痛いところをつかれて思わず怒鳴ると、夏澄も負けずに怒鳴り返してきた。

『お茶くみくらいしかできない秘書ですが、わかることはあります。今、社長に必要なのは休養です！　寝不足の頭ではいい考えも浮かびません。そんな真っ青な顔で人に八つ当たりする暇があるなら、寝てください！』

自分を睨みつけた彼女は一歩も引かなかった。散々に怒鳴り合った末に、深見は夏澄に言い負かされ、社長室で無理やり休養を取らされた。

ソファに寝かしつけられた瞬間、眩暈《めまい》にも似た睡魔に襲われ、落ちる瞼《まぶた》に逆らえなくなった。

そこまでされて初めて、深見は自分がひどく疲れていることを自覚した。

一瞬で眠りに落ちていく深見に、夏澄が囁《ささや》いた言葉を、今も覚えてる。

『大丈夫です。社長が選んだ部下は皆、優秀です。あなたが今日一日休む時間くらい作れます。だから、今は何も考えないで寝てください……』

その言葉に、緊張に強張《こわば》っていた心が緩《ゆる》んだ。


五時間後――

ソファの上で熟睡していた深見を起こしたのは、美味しそうな珈琲《コーヒー》の香りだった。

目を覚ました深見にホッとしたような、けれど泣きそうな顔で微笑んだ夏澄は、余計なことは何も言わなかった。

ただ、応接テーブルの上に、珈琲とマドレーヌをセットし、深見に書類を差し出してきた。

「……これは……」

渡された書類を貪《むさぼ》るように読み込んだあと、大きな溜息をつくと、深見は嗤《わら》い出したい衝動に駆られた。

どうやら自分は、焦《あせ》るあまりに視野が狭くなっていたらしい……

夏澄から差し出された書類。

それは行き詰まっていた契約を打開するための案をまとめたものだった。

あれほど悩んでもどうしようもなかった問題の突破口が、その書類には記載されていた。

「社長？」

夏澄の呼びかけに深見は俯《うつむ》いたまま顔を上げることができなかった。

一人で足掻《あが》いて、どうにもならなくって、無様に人に八つ当たりした自分の傲慢《ごうまん》さと器の小ささを突きつけられた気がした。

嗤いながら顔を上げた深見と夏澄の視線が絡む。

その透明感のある瞳が、何故か酷く腹立たしかった。

「嗤えよ。伊藤の言うとおりだ。自分の力を過信して、周りが全く見えていない馬鹿だと思ってるんだろ？」

これも八つ当たりだとわかっていたが、やり場のない自分への苛立ちを夏澄にぶつけていた。

だが、夏澄は怒らなかった。深見の八つ当たりを受けても、落ち着いていた。先ほど、深見を怒鳴りつけた時の面影《おもかげ》はなかった。

「……何故、社長のことを嗤《わら》うのですか？　社長が社のために走り回っているのは、皆知ってます。寝食すらも忘れて頑張っている方を嗤う人は、あなたの部下にはいませんよ。少しはご自分が選んだ部下を信用してください。皆、社長を支えたいと思っている方たちです」

「だったら、なぜ、こんな事態になるまで誰も何も言わなかった？」

納得できずに問いかけると、夏澄は首をかしげて穏やかな表情のまま答えを返してきた。

「それは……意見を言いたくても、社長が頭ごなしに怒鳴るからです。先ほども言いましたが、社長の迫力ある顔で怒鳴られて、皆委縮《いしゅく》していたんです」

そこまで言われて、最近の自分が人の意見を聞く余裕をなくしていたことに深見はようやく気づいた。

久しぶりにしっかりと寝たことで心が落ち着いたのか、今、夏澄の言葉一つ一つを受け止める余裕が深見にはあった。

切迫した事態は何一つ変わらなかったが、部下たちを怒鳴りつけていた時の焦燥《しょうそう》が、嘘のように消えていた。

「でも、伊藤は怖くないというわけか。俺に対してあれだけ怒鳴り返せるくらいだものな……」

だが、素直に感謝を示すのも癪《しゃく》で深見が憎まれ口を叩くと、夏澄は小さく息を吐き出し、「私だって、社長のことは怖いですよ」と言って自分の手を深見の前に差し出した。

差し出された夏澄の指先を確認した深見は驚きに瞳を瞠《みは》った。

あれだけ深見と怒鳴り合った夏澄の華奢《きゃしゃ》な指先は、微かに震えていた。

「失礼なことをたくさん言いましたし、生意気な秘書だと首にされるのならお好きにしてください」

震えた指先を深見に差し出したまま、夏澄はその瞳に静かな覚悟を秘めて言った。

深見は大きなため息をつく。

その時になって、やっと深見は伊藤夏澄という一人の女性とちゃんと向き合って話をしている自分に気づいた。

父親に押し付けられた花嫁候補としてではなく、一人の女性として夏澄を見た気がした。

肩の力が抜けるのが自分でもわかった。

「……ここで、伊藤を首にすれば、それこそ俺はただの馬鹿な独裁者になるだけだ。今回の件は助かった。すまなかった……」

自然と言葉が出ていた。

深見の謝罪に夏澄は瞳を瞠《みは》ったあと、「いえ……そんな……」ともごもごと口の中で何かを呟いて、下を向いた。その華奢《きゃしゃ》な肩が震えていることに気づいたが、深見は何も言えなかった。

†

五年前のあの出来事から、深見は伊藤夏澄という人間にしっかりと向き合うようになった。

父親から押し付けられた花嫁候補という色眼鏡《いろめがね》を外して対峙《たいじ》した夏澄は、深見とは全く正反対の生真面目な穏やかさと勤勉さを持つ、非常に芯の強い女性だった。

あのクソ親父の思惑どおりと思うと業腹《ごうはら》だったが、ちゃんと向き合ってみれば、自分にはないものを持つ夏澄に惹かれずにはいられなかった。

この五年、夏澄は暴走しがちな深見を諌《いさ》め、時には喧嘩《けんか》をし、時には笑いながら一緒に仕事をしてきた。

積み重ねた二人の時間の中で、深見は夏澄を愛した。

だが、愛すると同時に、深見は夏澄を失うことをひどく恐れた。

手を伸ばしてしまえば、触れてしまえば、夏澄を手放せなくなる自分を知っていた。

恋人になってしまえば、父親の思惑どおりに夏澄を花嫁にしてしまえば、夏澄のすべてを手に入れられるかもしれない。だが、失敗したら夏澄との穏やかな時間を失ってしまう。

深見が知る男女関係はいつも終わりが見えているものばかりだった。

互いに相手を利用して、少しでも自分に有利にことを運ぶ恋愛という名の遊び。そんなものしか経験してこなかったせいで、自分の想いに気づいてもどうすればいいのかわからなかった。

まして、夏澄には深見のだらしなさをすべて知られている。

そんな自分が、今更どの面《つら》を下げて、夏澄に愛を告白するというのだ。

夏澄とて、本気には取らないだろうと思っていた。

だから、秘書と社長という枠の中から深見は飛び出せなかった。

臆病者だと言われても構わない。

深見は夏澄との時間を失うことを何よりも恐れたのだ。

自分の想いを押し込めれば、この穏やかな関係を続けられる気がした。

たとえ、仕事だけの関係だとしても、このままでいればずっと一緒にいられる気がしていたのだ。

だが、半年前のあの夜。

蒼い月が輝いていたあの夜に、深見はその手を夏澄に伸ばしていた。

自分を休ませるために奔走《ほんそう》し、疲れ切った様子で眠る彼女に、深見の中の何かが切れた。

抱き寄せた華奢《きゃしゃ》な体は、震えていた。だが、深見の手を夏澄は拒まなかった。

その瞳に確かに深見への恋情を見つけた。

それが、どれほど深見を喜ばせたのかは、とても言葉にできそうにない。

しかし、あれだけの幸せを共有したというのに、夏澄はいとも簡単に深見の腕の中から逃げ出し、殻の中に閉じこもってしまった。

頑《かたく》なな彼女に焦《じ》れて子どもじみた振る舞いをした自分の愚かさを今になって思い知る。

生真面目な彼女が、自分から踏み出せるはずもなかったのに……。

今頃、夏澄があのクソ親父に保護されているのかと思うとむかついた。

だが、今の深見にできることはなかった。

夏澄が一番行きたいと思う場所すら見つけ出せない自分には――

どこから出てきたかもわからない男に夏澄を渡すつもりもない。ましてや、あのクソ親父に夏澄を掻《か》っ攫《さら》われるなど冗談じゃない。

しかし、今の深見では夏澄を取り返す術《すべ》が思いつかなかった。

頭を冷やし、あのクソ親父を叩きのめすために深見は会社に戻ることにした。

車を駐車場に入れると、疲れた体を引きずって社長室に向かう。社長室の扉を開けた瞬間、珈琲《コーヒー》のいい匂いがした。

いつも夏澄が淹《い》れてくれる珈琲のいい匂いが……

——まさか!!

そう思った。

だが、社長室の中に人の気配があった。

深見がよく知る人物の気配が……

焦《じ》れる気持ちのまま、深見は乱暴にドアを開け放った。大きな音に驚いたように、見慣れた華奢な背中が振り返る。

「夏澄……!!」

この五年、二人が過ごした社長室の窓辺に夏澄は立っていた。

深見の姿を認めて、くしゃりとその顔が泣きそうに歪《ゆが》む。

「どうしてここに……」

これが自分が作り出した都合のいい幻のような気がしてくる。その存在を確かめたくて、深見は夏澄に向かって大股で歩み寄った。

伸ばした指が掴んだ手首は震えていた。その感覚が、彼女が夢でも都合のいい幻でもなく本物だと教えてくれる。

「ここしか……」

夏澄が泣き笑いのような表情を浮かべて呟いた。

「ここしか、行きたい場所、思いつかなかったんです……」

その言葉を聞いた瞬間、深見は夏澄を抱きしめていた——

†

「ここしか、行きたい場所、思いつかなかったんです……」

答えた瞬間に抱き寄せられた。痛いほどの力で、抱きしめられる。

汗と、いつもの深見の香水の香りに包まれた。あの日、覚えた深見の体の大きさを思い出す。

離れていた時間はほんの束の間だったのに、ここがひどく懐かしいと思った。

涙が零《こぼ》れた。閉じ込めていた愛おしさが溢《あふ》れて止まらなくなる。

夏澄の涙に気づいた深見が、さらに夏澄を強く、強く、引き寄せた。

「……もうどこにも行くな。夏澄。愛してるんだ。結婚してくれ」

勢い余ったように告げられた言葉に、夏澄の呼吸が一瞬止まった——

時間すらも止まった気がした。

自分を探してくれただけで十分だと思っていた。

それだけで夏澄は本当に満たされていたのに。

思わず瞼《まぶた》を閉じて、深見の肩に額を押し付ければ、夏澄を抱く腕に力が入った。

幸せすぎて、これは自分に都合のいい夢なんじゃないかと思えてくる。

でも、今、夏澄を痛いほどの力で抱きしめてくる深見の腕はまぎれもない現実だった。

あまりに幸せで――幸せすぎて、怖くなる。

胸の中を駆け巡る思いはひどく複雑で、だからこそ夏澄は深見に伝えたいことがあった。

迷いは一瞬だった。そして、束の間の沈黙のあと、瞼を開いた夏澄は震える唇からなんとか答えを紡ぎ出す。

「……い……やです……」

夏澄の答えを聞いた瞬間、深見の体が強張《こわば》ったのがわかった。それと同時に、夏澄を抱きしめていた深見の腕の力が緩《ゆる》む。そのまま離れていこうとする深見の背中に、夏澄は腕を回した。しがみ付くように深見の体に抱きつき、彼を引き留める。夏澄の話も聞かずに、一人でさっさと答えを出そうとする深見に少しだけ不満を覚えた。

――たまには、私の話をちゃんと聞いて……

「夏澄……？」

深見が困惑したように夏澄の名前を呼んだ。頼りなげなその声に、こんな時なのに夏澄の心はときめいた。

普段は俺様のくせに、夏澄の答え一つにショックを受けて、ひどく自信を失くしたような深見の声に、夏澄は小さく笑う。仕事の時も、他の女性を口説く時も、いつも自信満々で強引なくせに、夏澄の前でだけ見せる弱さをずるいと思った。

今になって……この恋を諦めようとした今になって、追いかけてくるなんて……

これじゃあ、諦めることなんてもうできない。

――本当にずるい人。

そう思った。でも、この深見のどうしようもない弱さと不器用さを夏澄は愛したのだ。

また、振り回されて傷つくだけで終わるのかもしれない。

それでも、もうこの想いに嘘はつけない。

何もかも諦めたふりをして逃げるのは楽だったけれど……

ずっと、後悔がこの胸の奥にあった。

手の届かない月にたとえて、深見への想いを誤魔化して、夏澄は何の努力もしてこなかった。

どうせ自分ではだめだと決め付けて、結局何もしなかった。本当はそんな自分が嫌いだった。

後悔するだけの恋で終わらせたくない。今はそう思う。

「会長と……会長と賭けをしました……」

深見の胸に顔を埋めながら、夏澄は今にも逃げ出そうとする心を叱咤《しった》して話し出す。

「……あっ！　夏澄！　まさか！　親父と結婚するのか!?　もしかして、夏澄の好きな奴って親父か!?」

深見が弾かれたように夏澄の肩を掴んで、顔を覗き込んでくる。

「やめろ！　それだけは絶対にやめろ‼　あのクソ親父はなんだかんだ言って死んだおふくろ一筋だ！　結婚しても夏澄が幸せになれるわけがないし、不毛な恋だから今すぐに諦めろ‼　それにあのクソ親父との結婚なんて、俺が絶対に許さない‼」

夏澄の肩を掴む指には痛いほどの力が込められていて、深見の必死さが伝わってくる。

勝手に勘違いして、必死に言い募《つの》る深見がおかしかった。

「会長のことは尊敬していますが、結婚はありません。会長が亡くなった奥様を本当に大切に想っていらっしゃることは知っています」

「だったら！　だったらどうして？」

何でこの人は肝心なところでこんなに鈍感なのだろう？

この場所で……二人がこの五年間過ごしたこの社長室で、夏澄が深見を待っていた理由なんて、一つしかないだろうに。

さらに何かを言いかける深見の唇に、夏澄は人差し指をそっと押し当てて、続く言葉を封じた。

「話は最後まで聞いてください」

「…………」

素直に黙った深見に、夏澄はくすりと小さく笑った。

「日曜日に、久しぶりに友人たちと会ったんです。結婚して幸せを築いている皆を見て、とっても羨《うらや》ましかった。私も平凡でもいいから、幸せな家庭が欲しいって思いました」

夏澄の言葉に深見が複雑そうな表情を浮かべる。

深見に自分のずるさを晒《さら》け出すのは勇気が必要だったが、夏澄は言葉を続けた。

「でも社長と一緒にいたらそれはできないと思いました……だから……だからここを辞めて逃げ出したかった」

逃げるという言葉に深見の眉間に、深い縦皺《たてじわ》が寄る。

「夏澄……」

深見が夏澄の名前を呼んだ。深見の顔には何とも言えない表情が浮かんでいた。

孝之の賭けに乗ろうと決めた時、もう一つだけ夏澄は決めていた。

もし、深見が夏澄を見つけてくれたら、この想いに素直になろうと……

でも、そのためには今のままの夏澄ではだめなのだとも気づいた。

見上げた深見の漆黒の瞳の中に、夏澄と同じだけの不安と緊張とわずかな期待があった。

この賭けが深見と夏澄、どちらにとっても最後のチャンスだったのだと知る。

あの夜から、どちらも互いの心が見えなくて迷って、悩んで、どうすればよいのかわからなくなっていたのだろう。

気づけば簡単なことなのに、ひどい回り道をしていた――

きっとこの一言が素直に言えていれば、何もかもが違った。

でも、この回り道がなければ気づけないこともあったと、今の夏澄は知っている。

深見の漆黒の瞳を真っ直ぐに見上げたまま夏澄は告げる。

今、自分が言える精一杯の想いを――

「好きです……。ずっと好きでした……」

「だったら、どうして……」

「今のままじゃダメなんです。今のままじゃ、私は社長を信じられません。また同じことの繰り返しになる」

「なんで……!!」

「ずっと見てきました。今まで社長が女性たちとどういう付き合い方をしてきたのか」

「あれは……！」

焦《あせ》ったように夏澄の言葉を遮《さえぎ》ろうとする深見を眼差しだけで制して話し続ける。

「私は自分に自信がありません。今まで社長が付き合ってきた方たちのように、美人でもないし、可愛くもない。社長の気持ちをつなぎとめておく自信もありません」

そこまで話して夏澄は一度言葉を切り、息を吐き出した。そして静かな決意をその眼差しに込める。

「だから、私が自分に自信を持てるように、社長の気持ちを信じられるように、あの夜の前からやり直しをさせてください……」

このまま深見の想いを受け入れてしまうのは簡単だった。

でも、今の夏澄と深見では、きっとこの先は続かない。

臆病な自分のままでは、またこの不器用でずるい男を信じられなくなってしまう。

だから、夏澄は初めからやり直したいと思った。

せっかくのプロポーズを断ってまですることじゃないのかもしれないけれど。

でも、それでも……

「ダメ……ですか？」

最後の最後、零《こぼ》れた夏澄の不安を、深見は打ち消すように引き寄せた。強い腕が夏澄を抱きしめ、口づけが落とされる。不意打ちで重ねられた唇はどこまでも優しかった。このわがままな男のキスとは思えないほどに、ただ、ただ優しいものだった。

愛おしさを伝えるためだけのキス――

唇が離れた瞬間に、夏澄は再び強く抱き寄せられた。

「ダメじゃない……。いいに決まってる。ありがとう。夏澄……」

震える声で落とされた答えに、夏澄は花が開くように笑った。

再び近づいてきた深見の唇に、瞼《まぶた》を閉じる。

キスをされるのだとわかっていた。わかっていて瞼を閉じた。唇に触れた吐息に背筋がぞくりと震えて、咄嗟《とっさ》に広い背中にしがみつく。甘い期待に鼓動が速くなる。

唇の表面を深見の肉厚な舌で辿られて、反射的に唇を綻《ほころ》ばせれば、遠慮なく舌が差し入れられ口づけはすぐに深くなる。夏澄の舌を誘い出して絡んだ舌は、器用に動き回って口腔《こうこう》内を蹂躙《じゅうりん》する。

夏澄の舌を弄《もてあそ》ぶように動く深見の舌におずおずと拙《つたな》い動きで応《こた》えれば、口づけは一層甘さを増した。

溶ける……

角度を変えて、何度も、何度も交わされる口づけに、夏澄は自分の体がとろりとやわらいでいくのを感じた。心を解放して素直に受け入れてしまえば、深見の口づけはどこまでも甘く、夏澄を溺《おぼ》れさせる。

「ぁ……」

ウェストの上を深見の手のひらが滑《すべ》り落ちる。きわどい場所に触れる深見の指に夏澄の体がびくりと震えて、唇が離れた。

「やり直すならここからだな」

にやりと深見が笑って、耳朶《じだ》に囁《ささや》きが落とされる。

当たり前のようにそう提案する深見に、夏澄は呆れを隠さない眼差しで彼を見上げた。

吐息の触れる距離で見つめる男の顔は先ほどまでの殊勝なものではなく、いつもの傲慢《ごうまん》な自信家に戻っていた。夏澄が拒絶することなんて想像してもいないだろう男の不敵な笑みに呆れるが、拒む気がない自分にはもっと呆れてしまう。

深見の前では堅物《かたぶつ》の優等生のままではいられない。

どんなに心を鎧《よろ》って、感情を理性の下に押し込めたところで、深見の一挙一動に心はあっさりと揺れて、素の自分を隠せなくなる。

あの日の夜からやり直すと言いながらも、深見はすぐには動かなかった。

深見が夏澄の左手を取って、その指先に口づけた。口づけられた指先が痺《しび》れて疼《うず》く。

「小さい手だな。俺のために働くこの手に、ずっと触れてみたくて……」

指先に唇を触れさせたまま深見が囁《ささや》く。指の腹に触れる深見の吐息に、その言葉に、心が震えた。

「あの日――俺のためにこの手を傷つけてもいいと思っている夏澄を見たら、いろいろと我慢していたものが限界を超えた」

どこか遠い眼差しで深見があの日の行動の理由を教えてくれる。

「社長……」

「夏澄にはだらしないところも情けないところも全部知られてるからな……あの日、拒まれなかったことが、どんなに俺を喜ばせたかお前は知らないだろう？　これで全部俺のものだって喜んで――目を覚ませば、お前はもういなくて、挙句、何もなかったみたいな顔で秘書として接してくるから、悔しかった。だから、お前の関心を少しでも引きたくて、子どもじみた行動で、ほかの女とわざと出かけたりした」

「どうして……？」

「夏澄の泣き顔が見たかった。秘書の顔をしてる夏澄が感情をのぞかせるのは、俺が女と一緒にいる時だけだったから」

後悔を滲《にじ》ませた眼差しで語る深見が、夏澄の肩先に額を押し付けた。まるで子どものようにしがみついてくる男の熱い吐息に夏澄の心が揺らされる。

「だけど、夏澄に他に好きな奴がいると言われて、腸《はらわた》が煮えくり返るかと思った。人生で初めて誰かに嫉妬《しっと》したよ。嫉妬って感情があんなにも苦くてきつくて、痛いものだなんて知らなかった。悪かった……」

「社長……」

プライドの高い男がここまで自分の心情を語ってくれるとは思わず、夏澄は何と答えるべきか言葉を探す。同時に、語る言葉以上に深見がいろいろな後悔を抱えていることが触れた肌から伝わってきた。

深見の話に自分たちが本当に回り道をしていたことを知る。

自分の感情に素直になれなかったのはお互いさまだ。

夏澄とて、いろいろなことを言い訳にして、深見から逃げた。

深見の熱が冷めた時に、完全に拒絶されることが怖かった。

傷つくのが怖くて、自分の殻に閉じこもって深見の想いを知ろうともしなかった。

そっと深見の乱れた髪に指を滑《すべ》らせれば、深見は夏澄の肩先にさらに額を押し付けてくる。甘えるような仕草を見せられ、心がきゅんと締め付けられた。

許されるのならこの先も、この忙しすぎる男を甘やかせる自分でありたいと思う。

しかし、夏澄がときめいていられたのもそこまでだった。

「俺の懺悔《ざんげ》はこれで終わりだ」

一瞬、ぎゅっと夏澄を強く抱きしめたあと、深見はそう言うと不意に夏澄の鼻先にかみついた。

「うわ！」

驚きに悲鳴を上げれば、男は悪戯《いたずら》に成功した子供のように笑い、夏澄の額に口づけた。今の今までヘタレていた姿からは想像もつかないほどに生き生きとした顔をしていた。

夏澄を振り回すいつもの俺様社長の顔だ。そんな深見に覚えるのは、なぜか安堵だった。落ち込んだ姿を見せる深見を可愛いと思うが、こうして自分勝手に振る舞っていてくれたほうが彼らしくて夏澄はホッとする。

「明日からは夏澄のペースに合わせてやるから、今日はいろいろと諦めろ」

諦めるって何を……？

無粋な問いを放とうとした夏澄は、見上げた深見の眼差しに宿る欲情に気づく。

真上から真っ直ぐに見下ろす視線の強さに、圧倒される。

「……その宣言はどうかと思いますけど……」

欲望を隠す様子もなく言い切る男に、夏澄は頭を抱えたくなる。でも、深見だから仕方ない。

「悪いが今の俺に余裕は全くない。今すぐ、夏澄の全部を俺のものにしたい。あのクソ親父にも、誰にも渡したくない」

深見のストレートな言葉に頭が沸騰《ふっとう》しそうになる。想いは同じだ。夏澄とて深見を誰にも渡したくない。

深見の首に抱き着くと、その形のよい耳朶《じだ》に唇を近づけて、夏澄はそっと囁《ささや》く。

「私を……社長だけのものに……してください」

そこまでが夏澄の限界だった。羞恥《しゅうち》に顔が熱くなって、まともに顔を上げていられない。

「……あまり人を煽《あお》るな。優しくしてやる余裕がなくなる」

低く唸《うな》るような声が耳元で聞こえた次の瞬間、夏澄の足元が不意に宙に浮いた。

「きゃあ！」

抱き上げられたのだと気づいたのは、視線の位置が変わったからだった。不安定な姿勢に目を回して、咄嗟《とっさ》にその逞《たくま》しい肩にぎゅっとしがみ付くと、深見は無言で歩き出した。

「社長？」

一体、何をするつもりだろうと不安になって呼びかけたが、男は無言のまま大股でソファに歩み寄り、夏澄をそっと下ろした。すぐさま上着を脱いで床に放り投げた深見が覆《おお》い被さってくる。深見の肩越しに、社長室の天井が目に入って、夏澄はようやく深見の意図を悟った。

もうこの時間であれば、残業している社員もいないだろうが、社長室の鍵は先程深見が入ってきた時のまま開いている。

「まって……!!　ダメ……です!!」

さすがにそれはまずいと、夏澄は深見の肩に手を置いて押しとどめる。

「ここにきて待ったはないだろうが……!!」

深見が瞳を眇《すが》めたまま唸り声を上げる。そんな不機嫌な顔をされたら、求められている実感に流されたくなる。しかし……

「社長……、だって……!!　こ……ここ……会社……!!」

「だからどうした？」

平然と返されて夏澄は唖然とする。

「もう誰もいない。気にするな。それに外を誰かが通りかかったところでここは防音になっているから、夏澄の声が聞こえることはないぞ？」

——そういう問題じゃない!!

何事もなかったように夏澄に口づけてこようとする深見に、首を振って抵抗する。

「いや、待って!!　せめて、せめて、鍵だけでも締めてください！」

涙目で懇願すれば、大きなため息をついた深見が渋々と起き上がって、社長室の鍵を締めに行った。

「これで問題ないだろう？」

戻ってきた深見が再び夏澄の上に覆《おお》い被さってくる。

月明かりに照らされた部屋の中、浮かび上がった深見の瞳のあまりの強さに夏澄は縫い止められたように身動きが取れなくなる。

これ以上は待てないし、待たない——眼差しだけでそう語る深見に、夏澄もこれ以上待ったをかけることはできなかった。

深見には本当に余裕がないのだろう。

深見が夏澄の頬に手のひらを添えた。

触れた男の手のひらは夏澄の体温よりもずっと高くて、夏澄は驚く。

「怖いか？」

興奮に掠れた男の声に問われて、夏澄は首を振る。

「いえ……」

怖くはなかった。

むしろ、こんな風に余裕もなく深見に求められていることが嬉しかった。

ただ、自分でもどうしようもなく鼓動が乱れて、体に力が入る。

「余裕がなくて悪いが、怖いと言われてもやめてやれないから、大人しくしててくれ」

自嘲するようにそう告げた深見は本当に余裕がない様子で、噛みつくようなキスを唇に落とした。

「んぅ……」

性急なキスに呼吸が乱れた。息継ぎの合間に、喘《あえ》ぎとも拒絶ともわからない声が漏れる。それは自分でもわかるほどに、甘い女の声をしていた。

濡れた音を立てながら、深見の舌が口の中を好き勝手に動き回る。

夏澄がキスに応《こた》える前に、舌は深見に絡めとられて、蹂躙《じゅうりん》された。

呼吸すらも奪われて、息苦しさに深見の肩に縋《すが》りつくが、男の口づけはますます深くなる。

覆い被さっていた体が徐々に体重をかけてくる。夏澄の体に深見の硬い体が押し付けられた。

重ね合った腰をセックスそのものの動きで揺さぶられて、甘い悲鳴を上げる。

「あ、あぁ、い……っや……」

着衣越しでもはっきりとわかるその熱に、ひどい眩暈《めまい》を覚えた。

わずかばかりに与えられた息継ぎの時間。そのたびに悲鳴を上げれば、「早く、夏澄の中に入りたい」と直接的な口説き文句を耳朶《じだ》に吹き込まれ、夏澄の眩暈はさらにひどくなる。

歯列を舐められ、口蓋《こうがい》をくすぐられる。舌を絡めとられて、吸われて先端に噛みつかれる。飲み込み切れなかった唾液が溢《あふ》れて、くちゅりと水音が立った。

耳朶《じだ》を打つその音が甘ったるい官能を呼び起こす。

まともに息が吸えなくて、息苦しさに夏澄の瞼《まぶた》の裏にちかちかと白い星が飛ぶ。

いつキスが解かれたのかもわからない。

ふいに呼吸ができることに気づいて、ようやくキスが終わったことを知る。

乱れて荒くなっている呼吸に羞恥《しゅうち》を覚えるよりも早く、深見が夏澄のブラウスをウェストから引き出した。ボタンを外すのも面倒だというように、ブラウスの前が開かれる。

そのせいで、ボタンがいくつもはじけ飛んで、社長室の床の上に転がった。

「やぁ！　社長!!」

シャツを破かれた音にさすがに我に返って、夏澄は涙目のまま抗議する。

「悪いな。あとでいくらでも弁償してやる」

ちっとも反省してない男は、晒《さら》された夏澄の胸元に舌を這《は》わせてそう言った。

肌の上を辿る熱い舌の生々しい感触に、肌が熱くなる。

「あ……ぅ……ん」

白い肌に赤い花が散るたびに快感が湧き上がり、夏澄は体を震わせた。

フロントホックのブラジャーを何の戸惑いもなく外した深見が、露《あら》わになった夏澄の胸の先端に吸い付いた。

「あぁ……んん、ぁ!!」

快感にすでに立ち上がっていたその場所を濡れた舌で嬲《なぶ》られて、夏澄の唇から一際甘い嬌声《きょうせい》が零《こぼ》れた。

敏感な先端部分を歯で挟まれたまま吸い付かれ、背が撓《しな》る。

体の奥が疼《うず》いて、熱がどんどんと高まっていく。

「きゃぁああ！」

唇で胸の先端を一際強く吸われると同時に、反対の乳首を指先で捻られて、体が跳ね上がる。

体の奥の疼きがひどくなり、じっとしていられずに腰が揺らめく。

その動きに気づいた深見が夏澄の下半身に手を伸ばして、スカートのホックを外した。

「夏澄、腰を浮かせろ……」

言われるままにすれば、あっさりと下着ごとスカートを脱がされる。

「いやぁ!!」

膝裏に手を差し込まれて、足を割り開かれた。片足をソファの背にかけられて、大胆に大きく広げられる。

足の間に深見が体を挟み込み、夏澄が足を閉じられないようにしてしまう。

深見の目の前にすべてを晒け出す格好に、夏澄は恥ずかしさのあまり泣きたくなる。

慌てて足を閉じようと暴れるが、当然深見の体に邪魔される。

「やぁ!!　社……長!!　や……めて!　み……ないで……!!　は……ずか……しぃ!!」

咄嗟《とっさ》に手でその場所を隠そうとしたが、深見に払いのけられた。

あまりの羞恥《しゅうち》に深見をまともに見ていられず、夏澄は腕で顔を覆《おお》って足をばたつかせる。

「何も隠すな。恥ずかしくない」

「うそ!!」

しかし、深見は夏澄の抵抗などものともせずに、ソファにかけていた足首を掴むとひょいっと持ち上げて、ふくらはぎから太ももへと舌で辿って口づけの痕《あと》を散らしていった。

「ひっ……やぁ!!」

そのまま深見の肩に両足を掛けられる。足のつけ根のきわどい場所をきつく吸われて、夏澄の羞恥が焼き切れる。

身を捩《よじ》ってなんとか逃げ出そうとしたが、次の瞬間、夏澄の動きがすべて止まった。

蜜口に触れた濡れた感触――一瞬何が起こっているのかわからなかった。

くちゅりと粘着質な音とともに、柔らかな感触に秘所を割り開かれる。あまりの快感に体中の皮膚が粟立《あわだ》つ。

慌てて身を起こせば、深見が秘所に顔をうずめている光景が視界に飛び込んできた。

「やめて！　やめてください!!　汚いから!!」

今日一日、孝之と一緒に走り回っていたのだ。

汗もかいて汚れているその場所を深見の舌に嬲《なぶ》られていると思うとたまらず、夏澄は必死で深見の頭を引きはがそうとした。しかし、与えられた快楽に指に力が入らない。ただ悪戯《いたずら》に深見の髪を乱すだけだった。

「夏澄のここは綺麗だぞ。素直に感じてろ」

夏澄の視線に気づいた深見はそう言うと、蜜口をねっとりと舐め上げた。尖らせた舌先を秘所に埋め込まれ、襞《ひだ》の奥まで舐め上げられる。

深見の舌に濡れた秘所を包み込まれ舐められるのは、想像を絶する快楽をもたらした。

腰を中心にすべて蕩《とろ》かされそうになる。

下肢を立て続けに襲う強い疼《うず》きがたまらない。

圧倒的な快楽に頬に朱が散り、全身が桜色に染め上げられる。

舌が秘所を出入りするたびに蜜が溢《あふ》れて、夏澄の太ももを伝い、ソファに染みを作った。

深見の頭を挟み込む白い太ももに力が入る。深見の舌を喜ぶように腰が揺らめいた。深見の口腔《こうこう》に腰を押し付けるような自分の仕草に気づくが、止められない。

「やぁ……あ、ああ！」

蜜口の上の花芯を舌で突かれた時は、体の奥底から強烈な疼きが駆け上がってきた。

夏澄は狭いソファの上で体を撓《しな》らせ、足の先まで突っ張らせる。

「だ……め……社長!!　これ以上、おか……しくな……る！　や……めて……！」

自分の中に収まりきらないほどの快楽に恐怖を覚えて、深見に訴える。

「もっとおかしくなっちまえ」

初めて味わう強烈な快楽は、夏澄を怯《おび》えさせた。

だというのに、深見の愛撫は止まらない。むしろ、いやだ、怖いと泣いて訴えれば訴えるほど、深見は容赦なく夏澄に快楽を植え付ける。

快楽を堪《こら》えるために、手の甲を口元に押し付けた。それでも、甘い舌技《ぜつぎ》の前に声を抑えることができない。夏澄は泣きじゃくり、乱れに乱れた。

室内に淫《みだ》らな水音と夏澄の啼《な》き声が響く。

そのたびに「可愛いな。もっと乱れろよ」と深見がそそのかすから、夏澄はだんだんとわけがわからなくなる。

指先を噛んで正気を保とうとしたのに、そうはさせないとばかりに深見が花芯を甘噛みした。途端に目の前に火花が散って、夏澄は自分の中に生まれた奔流《ほんりゅう》に押し流される。

「あ、あ、いやあああああぁぁ！」

長く尾を引く悲鳴を上げて、夏澄は快楽の頂点に上り詰めた。

絶頂の余韻に体中が痙攣《けいれん》したように震えて、涙が止まらなくなる。

呆然と宙を見据えた夏澄の視界に、深見の端整な顔が映る。

「夏澄……」

名前を呼ばれた。

返事をするよりも先に、深見によってどろどろにほぐされたその場所に、深見の猛《たけ》った切っ先が押し当てられる。

狭いソファの上、体を重ねるのは窮屈で、深見は再び夏澄の片足をソファの背にかけた。

限界まで足を開かされ、深見を受け入れる。

「え！　待って！　ま……って!!　おねが……！」

「悪いが待てない」

「やぁぁ!!　だめぇ!!」

イッたばかりでどこもかしこも過敏になっている体を、荒く息を吐いた男に一気に貫かれ、夏澄は再び絶頂に押し上げられた。

蕩《とろ》けきった胎内が歓喜にうねって、狭道を割り開く深見を締め付ける。

体を重ね合った愉悦は壮絶で、息がうまく吸えない。

「……そんなに締め付けるな。動けないだろう？」

「……む……り……！」

揶揄《やゆ》するように耳朶《じだ》に囁《ささや》きを落とされても、自分で胎内の動きを止められるわけがない。

馴染《なじ》む間を与えることもなく、深見は夏澄の華奢《きゃしゃ》な腰を掴んで激しく揺さぶり始めた。

「あぁ、あ、ぁは、ああ！」

深見の動きに合わせて、夏澄の艶声が上がる。

粘膜の擦《こす》れ合う淫らな水音と、肌をぶつけ合う乾いた音が、激しさを増していく。

深見を受け入れたその場所は、嬉しげに水音を立てて彼のものを舐めしゃぶるように蠢《うごめ》いていた。

蕩けきった肉襞は、熱杭に擦られて、どうしようもないほどに感じている。

体の中に灼熱《しゃくねつ》の悦楽があった。

次々に生まれては背筋を駆け上がってくる熱に支配されて、夏澄は衝動を抑えきれず深見に合わせて腰を揺らめかせる。

「夏澄……」

「ぁああ！　ぃ……いいっ……！　気持……ちぃいの……‼」

いいか、と問われて感じるままに淫《みだ》らな言葉を深見に返す。

名前を呼ばれて揺さぶられるたび、体の奥が爛《ただ》れた熱に侵されて、頭が真っ白になる。

深見の生み出すリズムに合わせて動けば動くほど体は感度を増した。

そうなってしまえば、腰の動きを止めることなどできなくなる。

激しすぎる動きに、夏澄の体がソファから落ちそうになる。

不安定な姿勢が怖いと思うのに、動きを止められない。

振り落とされそうで、怖くて目の前の男にしがみつく。この男こそが自分を追い込んでいるのはわかっているのに、縋《すが》りつけるのは深見しかいなかった。

深見の肩に爪を立てて、その上質なシャツを毛羽立《けばだ》たせる。

痛みに深見が顔をしかめたが、涙で視界が歪《ゆが》んだ夏澄にははっきりとは見えなかった。

ただ、泣きながら喘《あえ》いで、深見の体にしがみつく。

乞われるままに淫らな喘ぎを上げて、そそのかされるままに体を揺り動かす。

キスを繰り返して、重ね合った体は一つに溶け合ったように混ざり合い、ともに上り詰める。

もっと、もっと欲しいと、体内の男を喰《く》い締めた途端に、視界が真っ白に染まった――

「くっ……」

「んぁ、んんん‼」

深見の口の中にくぐもった悲鳴が呑み込まれた。

同時に、深見が夏澄の中で果てて、体の奥が灼熱《しゃくねつ》で満たされた。

上り詰めた夏澄はソファの上にぐったりと身を預け、昂《たか》ぶった体を鎮めるために、荒れた呼吸を繰り返す。

多分、夏澄の意識は一瞬飛んでいた。

「夏澄……」

体を繋げたまま名前を呼ばれて、夏澄はぼんやりと瞼《まぶた》を開く。

涙にぼやける視界に深見の端整な顔が近づいてくるのが見えて、夏澄は再び瞼を閉じる。

ふぅと小さく息を吐き出して、キスを交わし合った。

「ふぁ、う、んん」

舌を絡め合い、吐息を混ぜ合わせれば、体の奥に熾火《おきび》のような快楽が植え付けられる。

そして同時に、体の中に受け入れている深見が、精を吐き出したにもかかわらず、その質量を全く失っていないことに気づいた。

「あぁ……う……そ……な……んで」

「何が嘘だ？」

にやりと笑う男に問われても答えることなんてできない。

熱くぬかるんでむず痒《がゆ》いような疼《うず》きを覚えるその場所をぬるぬると突かれれば、まるで深見のすべてを啜《すす》り上げるみたいに粘膜が痙攣《けいれん》を繰り返す。

自分でも制御できないその動きに、夏澄は小さな絶頂に上り詰めた。

「やぁ……あ、く……る……しぃの……!!」

絶頂に乱れ切った鼓動と、酸欠に軋《きし》んだ肺に苛《さいな》まれながら、夏澄は何度もやめて、待ってと深見に懇願する。

しかし、深見は夏澄の懇願など聞かずに過敏になった肌の上を舌で辿り、キスを繰り返す。体内で煮詰められた熱が、行き場を失って夏澄の中で暴れまわった。

「だ……め！　やぁだ!!」

あまりの苦しさに、無意識に体が逃げを打とうとしたが、深見は夏澄の体を抱きかかえると強引に体勢を変えた。

体を繋げたまま、ソファの上に座った深見の上に座らされる。

「…………!!」

自分の体重でさらに奥まで深見を受け入れる羽目になり、夏澄は声にならない悲鳴を上げた。

すぐに激しく下から突き上げられる。グラグラと揺れる自分の上半身の不安定さが怖くなって、夏澄は深見の首に腕を回して必死にしがみ付いた。

これ以上ないくらいに体を密着させて、夏澄は深見の唇を求めた。

「んう、んっん―――!!」

何も言わずとも夏澄の想いを汲み取った深見が軽く顎《あご》を突き出して、二人は唇を重ね合わせた。

夏澄は夢中で差し出された舌を吸って、深すぎる快楽に耐える。

しかし、キスが深くなればなるほどに息が吸えなくなっていく。酸素を求めて夏澄はキスを振りほどいた。

汗が肌の上を滑《すべ》り落ちていく。揺らされるたびに、服が肌にまとわりついて気持ち悪い。だというのに、過敏になった肌は、服がこすれるその感触にも反応して、夏澄の官能を高めた。

ソファのスプリングを使って下から突き上げられる。のけ反って不安定に揺れる首に痛みが走った。

なんとか首を支えたくて、深見の肩先にぐりぐりと額を押し付けた。

俯《うつむ》いた夏澄の視界に、色を変えた深見のスラックスが入る。途端、顔が火を噴くくらい熱くなった。

スラックスの前を開いただけのその場所は溢《あふ》れた夏澄の蜜で濡れて、どんどんと染みを広げていた。

「ぬ……れて……る」

熱に浮かされるままに呟けば、夏澄がどこを見ているのか気づいたのだろう、深見が笑いながら夏澄の耳朶《じだ》を口に含んで囁《ささや》きを落とす。

「もっと濡らして、汚してくれ……」

睦言《むつごと》のように囁かれた瞬間、背徳感にぞわりと全身の肌が総毛立った。深見の腰を挟んだ太ももがぶるぶると震える。夏澄は全身で深見にしがみ付いた。

「っは！　……きっつ」

意図せず中にいた深見を締め付けたらしく、耳朶《じだ》に気持ちよさそうな男の声が聞こえた。

「うー……はぁ、ぁあ！」

目の前に再び白い星がちかちかと瞬《またた》くと同時に、どろりと重い悦楽が背骨に沿って駆け上がってくる。

下から突き上げられ揺さぶられる振動と　肌の上を這《は》う深見の手のひら、唇の感触がたまらなく気持ちいい。

深見と同じだけ夏澄も激しく腰を揺らめかせ、深見を締め付ける。

生々しいまでに濡れて交わる粘膜の感触が、夏澄の心と体の熱をどこまでも高めていく。

骨までも蕩《とろ》けてしまいそうなその熱が体中に弾け、夏澄は背をのけ反らせる。

最高潮に達した快楽が濁流《だくりゅう》のように夏澄の体を駆け抜けた瞬間、二人は同時に達していた――

濃密で甘い快楽に溺《おぼ》れた夏澄は、疲れ切った体を深見に預け、荒い呼吸を繰り返す。

深見は夏澄の肌を宥《なだ》めるように撫でてくれていた。

与えられた蜜みたいに濃厚な悦楽に体は眠りを欲していたが、この柔らかく甘い時間をもっと味わっていたい。

大きな深見の手が髪を梳《す》き、肌を撫でるのが気持ちよくて、とろりとした眠気が夏澄を襲う。

もったいないから眠りたくないのに……

「眠いなら、寝てていいぞ?」

「……い……やで……す」

深見の広い肩にぺたりとおでこをつけて、寝ぐずる子どものような様子を見せる夏澄に、深見が苦笑する。

「……夏澄」

疲れ切って指先一つさえ動かすのが億劫《おっくう》だったが、深見に呼ばれて夏澄は重たい瞼《まぶた》をなんとか開く。

「ん、んんっ……」

その途端、唇を奪われて、夏澄の意識が遠くなる。

これ以上はもう動けない、無理だとうわごとのように呟けば、男はひどく甘やかで嬉しげな顔をして「わかっている」と答えた。

夏澄の脈打つこめかみに口づけ、汗に濡れた髪を梳《す》いた深見は切れ長の瞳を細めて囁《ささや》く。

「さっさと俺の腕の中に落ちてこい――」

甘い誘惑に夏澄は呆れた気持ちになる。

これだけ甘い時間を過ごしたというのに、まだそんなことを言う深見がおかしかった。

とうの昔に夏澄はこの腕の中に囚われているというのに……

「社……長……」

呼びかけはひどく舌足らずになった。

「うん？」

「私は……」

——もうとっくに私はあなたのものですよ？

そう伝えたつもりだった。

しかし、眠りに引き込まれ、唇は言葉を声にすることができなかった。

結局、夏澄の想いは深見に伝わらないままに終わってしまう。

「夏澄……？」

不思議そうに問いかける深見の声が、夏澄の最後の記憶だった——

エピローグ

あの夜の前から私たちはやり直しを始めた——はず、だった。

「しゃ、社長！」

朝から夏澄の上ずった声が社長室に響いた。

「何だ？」

夏澄の焦《あせ》りの理由などわかっているだろうに、にやりと余裕の笑みを浮かべた深見は、夏澄の腰を抱き寄せようとする。

吐息の触れる距離まで近づいた深見の端整な顔に、夏澄の顔が赤くなる。

「何だじゃありません！　やめてください！」

「何故？　恋人同士がせっかく二人きりでいるんだ。触れ合いたいと思うのは当然のことだと思うが？」

「今は仕事中です!!」

そう叫んで夏澄は深見の胸を両手で押しのけ、飛び退《すさ》るように距離を取る。

自分でも情けなく思うほどにうろたえていた。

普段の冷静な秘書の仮面を被ることすら忘れていた。

深見のせいで速くなった鼓動を落ち着かせたくて、夏澄は自分の体を守るように抱きしめ、涙目のまま睨《にら》みつける。

そんな夏澄を深見は非常にご機嫌な様子で眺めていた。

深見とやり直しをすると決めて一か月――

やり直し――というよりもむしろ距離を一気にゼロにしようと近寄ってくる深見に、夏澄は戸惑っていた。

確かに夏澄は深見にやり直しを求めた。

すべてを投げ出して逃げるのではなく、ちゃんと正面からこの不器用な人に向き合ってみようと思った。

だけど、四六時中口説いてくれとは頼んでない！

あれから深見の女遊びはぴたりと治まった。女性関係をすべて清算したせいで、一時は『あの帝王に何が！　何かの病気か⁉』とあらぬ噂を立てられるほどに品行方正になった深見は、隙あらば夏澄をその気にさせようと、あの手この手で口説いてくる。そのたびに夏澄は、どぎまぎと振り回されてしまうのだ。

「公私混同はやめてください！　とあれほど言っているじゃありませんか‼　今は仕事中です‼」

涙目で真っ赤になったままそんなことを言っても逆効果だとわかっているけれど、言わずにはいられなかった。

夏澄の抗議を聞いているのかいないのか、非常にご機嫌な深見はにやりと笑うだけだ。

夏澄が無言できっと睨むと、深見が降参とばかりに両手を上げる。

だが、その瞳は変わらずに色気を滲《にじ》ませて笑っていた。

「わかった、わかった。俺が悪かった、秘書殿。では、仕事が終わったら改めて今の続きをさせてもらうとしよう。それでいいな？」

「知りません！」

「夏澄？　答えは？」

ぞくりとする流し目付きで名前を呼ばれて、夏澄の顔が真紅に染まる。

鼓動が速まるがここで動揺しては、再び深見に付け込まれるのは目に見えていた。

夏澄は動揺を抑えつけるために深呼吸すると、無理やりいつもの秘書の仮面を被る。

「十時から重役会議です。資料はそちらに準備してあります。御用があればお呼びください」

深見の問いを無視してそれだけ言うと夏澄は社長室を出る。

社長室の扉を閉めた瞬間、深見の楽しげな笑い声が聞こえた。

――またからかわれた……!!

聞こえた笑い声に、夏澄は腹立たしさを覚えつつも、心が甘くざわめくのを止められない。

扉に寄りかかり、夏澄は暴れる鼓動を鎮めるために深呼吸を繰り返す。

いまだに深見との距離を測りきれずにうろたえることも多い。

だが、夏澄は知っていた。

あの深見がちゃんと夏澄に逃げ道を用意してくれていることを――

さっきだって本当は涙目の夏澄に気づいてその腕を緩《ゆる》めてくれていた。

恋愛初心者の夏澄をからかうような意地悪なところもあるが、ちゃんと奥手の夏澄のペースに合わせてデートに誘うことから始めてくれている。

『夏澄のペースに合わせる』

あの俺様がその言葉を律儀に守っている。だから戯《たわむ》れに腰を引き寄せることはあってもキスさえしない。

それが少しだけ不満だと思っているのは、深見には秘密だ――

夏澄は悩ましげなため息を一つつくと、深見のために珈琲《コーヒー》を淹《い》れる準備を始める。

この五年繰り返してきた夏澄の日常。

これから先もきっと繰り返される日常のために、夏澄は笑って珈琲を淹れる。


ずっと月に恋をしたのだと思っていた。

叶うはずのない恋を……

蒼く輝く月はあまりに遠く、触れることすら叶わないと思っていた。

だが、蒼い月のように遠く、手が届かないと思っていた人は今、夏澄の近くに降りてきて、その両腕を夏澄のために広げている。

不器用でわがままな帝王の腕の中に夏澄が自分から飛び込んで、完全に囚われるまであと少し——

FLY ME TO THE MOON

そのスイッチがどこにあるのか、いまだに夏澄にはわからない――


「夏澄」

不意に名前を呼ばれたかと思えば、夏澄は深見の腕の中に囚われていた。

「社長……‼」

「しー。静かに……」

上ずった声を上げれば、深見は夏澄の唇に指を当ててにやりと笑う。

自分を見下ろす漆黒の瞳。そこに宿るひどく楽しげな光に夏澄の鼓動が乱れた。

吐息の触れ合う距離で見つめ合う恥ずかしさに、思わず瞼《まぶた》を閉じそうになる。

それがまるでキスをねだるような仕草だと気づいて視線を下げるだけで踏み止《とど》まるが、動揺はますますひどくなった。

どうして今、こんなことになっているのか、夏澄にはわからない。

深見はいつも夏澄の不意をつくように動く。何がきっかけなのかも夏澄には掴めない。

今だってほんの数秒前まではいつもどおりに仕事をしていたのだ。

今日最後の書類に深見が決裁印を押しながら、軽い雑談を交わしていたはずなのに……

気づけばこうして夏澄は深見に抱き寄せられていた。

「社長……仕事中はやめてくださいとあれほど言ってるじゃないですか！」

「もうとっくに就業時間は終わってるし、今日の仕事も全部終わったはずだ」

なんとかこの場の空気を変えたくてそう言えば、しかし、その反論はあっさりと封じられた。

深見の言葉どおり、確かに就業時間はとうの昔に終わりを迎えているし、夏澄と深見の仕事もひと段落ついたと言えばついた。

だけど、まだ後片付けや、やり残したことがあるはずで……

そう思ったが、夏澄もそれが往生際《おうじょうぎわ》の悪い言い訳でしかないとわかっていた。

深見は俯《うつむ》いていた夏澄の顎《あご》を持ち上げ、真っ直ぐに見つめてくる。

その漆黒の瞳から視線が離せなくなる。

高まる鼓動に、夏澄は息苦しさを覚えた。

ざわつく心と体を落ち着かせたくて無意識に吐き出した吐息は、熱を孕《はら》んで深見の指を撫でた。

夏澄の唇の形を辿るように、深見がゆっくりと親指をスライドさせる。

微妙な力加減で薄い皮膚の上を触れられて、びくりと体が過剰に反応する。

夏澄は恥ずかしさのあまり、咄嗟《とっさ》に瞼を強く閉じた。

唇に指が触れているだけだというのに、キスよりも恥ずかしいと思うのはなぜなのだろう？

「そう身構えるな……」

あからさまに緊張した夏澄に、深見が苦笑したのが気配でわかった。

だが、夏澄はこんな時、いまだに自分がどうすればいいのかわからない。

「夏澄の嫌がることはしない」

深見が夏澄の腰を引き寄せながら囁《ささや》く。

深見の唇が近づいてきているのがわかって、体が小さく震えた。

――やっぱりダメ!!　今は仕事中……

最後に残った理性が夏澄をためらわせる。咄嗟《とっさ》に深見の胸板を押し返そうとした。

「だから……キスぐらいさせろ」

しかし、唇が触れ合う寸前で落とされた言葉に、夏澄の心が揺れた。

深見にいろいろと我慢をさせている自覚はあった。

深見との距離を測りかねて、どう振る舞えばいいのかわからずにいる夏澄に、深見はごくごく当たり前の男女がそうするように、仕事のあとや休日にどこかに出かけようと誘ってくる。

二人で一緒に過ごす時間が徐々に増え、そしてそれが当たり前の日常になりつつある。

だが、夏澄がやり直しを求めたあの日から、二人は肌を重ねていなかった。

時折、からかいまじりに手を出そうとすることはあっても、夏澄が少しでも戸惑う様子を見せれば、深見はさりげなく引いてくれた。

ただ――こうしてキスをすることが増えた。

触れるだけの口づけが、二度、三度と落とされて、夏澄の体から力が抜け落ちる。

首筋から背中を、すっと手のひらが這《は》う。力を失った体は深見の体に沿って柔らかく撓《しな》った。

抱き合った深見の体温はひどく高くて、その熱に浮かされるように夏澄は抵抗を忘れた。

深見の口づけが一気に深いものへと変わる。ぴたりとくる位置を探すかのごとく唇を強く押し付けられ、甘い圧力に唇が自然と開いた。綻《ゆる》んだ唇にすぐさま舌が入り込んでくる。

「……ん……っ……」

口蓋《こうがい》の上を舌先でくすぐられる。濡れた感触が淫猥《いんわい》な動きで夏澄の口腔《こうこう》内を蹂躙《じゅうりん》した。

深く激しくなった口づけに、夏澄の背筋を甘い痺《しび》れが駆け下りていく。

深見の胸板を押しのけようとしていた手のひらは、気づけば夏澄の理性を裏切って彼の上着を縋《すが》るように掴んでいた。

吐息は、ただ、ただ甘さを孕《はら》んで零《こぼ》れ落ちた。

唇が離れると同時に、脱力した夏澄は深見の肩先に頬を預けて、乱れた呼吸を整える。

波打つ夏澄の背中を深見の手のひらが優しく撫で下ろした。

甘い口づけで過敏になった肌はその刺激にすら、艶《なま》めかしく体温を上げる。

キスには慣らされた――そして、覚える快楽も日に日に深さを増している。

夏澄の興奮を宥《なだ》めるために背中を撫でる深見の手のひらは、しかし、その持ち主の意図とは裏腹に、夏澄の肌に淡い飢餓感を植え付けていた。

いや、それこそが深見の意図なのかもしれない。

不意打ちのような甘い口づけと、肌の上を撫で下ろすだけの愛撫。

それだけでは物足りなくなっている自分に夏澄は気づいていた。

こうして口づけを交わすたび、高ぶった肌の熱がなかなか下がらない。

キスが終わったあとに、深見の腕の中に囚われる時間がどんどんと長くなっている。

まるで焦《じ》らされているような感覚が、日に日に夏澄の中に降り積もる。

「帰るか」

「……はい」

けれど、乱れていた呼吸が徐々に落ち着きを見せれば、深見は何事もなかったように夏澄を解放するのだ。

もう何度目だろう？　離れていくぬくもりに、肩透かしを食らったような思いを味わうのは……

キスだけじゃ物足りない。でも、この先にどうやって進めばいいのかわからない。

「遅くなったから、送っていく」

切り替えの早い男は夏澄の物思いに気づくこともなく、すでに普段どおりの様子で帰り支度を始めている。

「ありがとうございます」

キスの余韻に高ぶった体をなんとか宥《なだ》めて、夏澄も簡単な片付けをしてから、深見に従って社長室を出た。

†

「送ってくださって、ありがとうございました」

深見の運転する車に送られて帰り着いた自宅マンションのエントランス前で、車を降りた夏澄は頭を下げる。

こうして深見に仕事帰りに自宅まで送ってもらうようになったのも、二人の新しい習慣だった。

「ああ、また明日な。寒いから、見送りはいい。早く部屋に行け」

運転席側のウィンドウを下げた深見は、そう言うと穏やかに微笑んで、夏澄に部屋に入るよう促《うなが》した。

その瞳に、先ほど社長室で見せたような熱情はない。

「はい……おやすみなさい」

「おやすみ」

深見に促されるまま夏澄はマンションのエントランスに入る。エレベーターに乗る直前に振り返れば、運転席から深見が早く行けとばかりに手を振っていた。

夏澄はそんな深見にもう一度頭を下げて、エレベーターに乗り込む。

エレベーターの扉が閉まるまで、深見はマンションの前に留《とど》まって、夏澄を見送っていた。

「…………ふぅ」

一人きりになったエレベーターの中、夏澄はため息をつく。

その吐息がなんだかまだ熱っぽい気がして、苦笑する。

深見と別れたあとはいつもこうだ。

もどかしさと焦《じ》れったさが、体の内側を炙《あぶ》るように火照《ほて》らせて、熱が引かない。

最近、いつも考える。深見のあの言葉の意味を。

『夏澄のペースに合わせる』

深見がその言葉を守ろうとしてくれているのはわかってる。

実際にからかいまじりに手を出そうとはしても、少しでも夏澄がためらえば引いてくれている。

それこそいつもの強引さを発揮して勢いで押してくれれば、こちらも流されることができるし、言い訳もできる。

でも、深見はそうはしない。いつもぎりぎりのラインで引いていく。

それは、つまり――夏澄が次の一歩を踏み出さない限り深見は動かないということなのだろう。

流されるのではなく、夏澄自身の意志で深見の腕を求めなければ意味はない。

そう言われている気がした。

「私から誘えばいいの……？」

エレベーターの中に夏澄の小さな呟きが落ちる。

耳に届いた自分の頼りなげな声に、夏澄はハッと我に返った。

恥ずかしさに体中が一気に火照る。

――さ、誘うって……？　どうやって……？

こつんと夏澄はエレベーターの壁に額をつける。火照った額に壁の冷たさが心地よくて、夏澄は瞼《まぶた》を閉じた。

あの恋愛に関しては百戦錬磨《ひゃくせんれんま》のはずの男を誘うなんて、考えただけで頭が沸騰《ふっとう》しそうになる。

どんなに大人の女のふりをしたところで、夏澄の恋愛スキルなんてたかが知れている。

それは深見もわかっているだろう。

わかっていて、動かないということはそういうことなのだと思う。

『さっさと俺の腕の中に落ちてこい――』

あの日、遠くなっていく意識の中、囁《ささや》かれた言葉を思い出す。

すべてを投げ出して逃げ出そうとした夏澄を、深見は追いかけてきてくれた。

それだけでもう十分。これから先も何があっても深見の傍にいられると思った。

――もうとっくの昔に、自分は深見の腕の中に落ちている。

そう思うのに、その想いをなかなか素直に伝えられない。何かが夏澄の心をためらわせる。

あと少し。ほんの少しの勇気ときっかけがあれば踏み出せるのかもしれない。

でも、今の夏澄にはその勇気をどこからかき集めればいいのかわからなかった。

「もうちょっとだけ。あと少しだけ待って……」

誰に向かって言っているのかも自覚がないままに、呟きを零《こぼ》す。

呟きながらも、本当はわかっていた。

肌の内側を焦がす熱に耐えきれなくなっているのは夏澄のほう――

夏澄の願ったきっかけが、思ったよりもあっさりと訪れたのは約一週間後のことだった。

†

日曜の午後。夏澄は久しぶりの休日を自宅で一人過ごしていた。

仕事が忙しくてさぼりがちだった掃除と洗濯を終えたあと、ソファに座って甘めに作ったカフェオレを飲む。

今日、深見は孝之の用事に付き合わされて、どこかに出かけているらしい。

孝之が賭けの時に夏澄を嫁にすると言い放ってからというもの、深見は孝之を警戒して夏澄に一切近づけようとしない。

そのせいで、今日、二人がどこに出かけているのかも夏澄は知らなかった。

――こんなにのんびりするのは、いつぶりかな……？

見るとはなしに眺めていた雑誌をめくりながら思い出そうとしたあと、夏澄は肩を竦《すく》めて考えるのをやめた。

――すぐには思い出せないほどには久しぶりってことよね。

小さく息を吐き出して、少し温《ぬる》くなったカフェオレに口をつける。

仕事のためなら世界中を飛び回ることも厭《いと》わない深見。そんな彼の商談や出張に可能な限り帯同する夏澄の就業時間や休日はひどく不規則だ。特にここ最近は、休日になると深見にどこかに連れ出されることも多い。こうして一人で過ごすのは、本当に久しぶりだった。

何の予定もない休日。買い物にでも行こうかと思ったが、朝から降り続いている雨に、その気も失せる。

しかし、一通りの家事が終わってしまえばすることもなくなっていた。

こんな時つくづく自分はつまらない人間なんだなと自覚する。

趣味らしい趣味もない。唯一の趣味といえる読書も、今日はなんだか物語の中にうまく入り込めなくて途中でやめてしまった。

——社長は今頃、何をしているのかな？　会長と喧嘩《けんか》してないといいけど……

カフェオレを飲みながら夏澄は、深見のことを考える。

昨日も別れる間際までぶつぶつと孝之への文句を言い続けていた。その姿を思い出して、小さく笑う。しかし、深見は孝之に呼ばれれば文句を言いながらも出向くし、用事にも付き合う。何だかんだ言いつつも、あの父子は仲がいいことを夏澄は知っていた。

雑誌を眺めているのにも飽きて、夏澄は窓の外に視線を向けた。

雨音が夏澄の部屋の静けさを際立たせる気がした。

「会いたいな……」

雨にけぶる外を眺めていた夏澄の唇から無意識の呟きが零《こぼ》れ落ちた。

その呟きが耳に届いた瞬間、夏澄は深見にひどく会いたいと思っている自分に気づいた。

昨日の夜に別れてから数時間しか経っていない。

自分でもなぜ急にこんなにも深見に会いたい気持ちが募《つの》っているのかわからない。

けれど、今、夏澄は深見に会いたくてたまらなかった。

仕事の時は四六時中一緒にいて、ここ最近は仕事が終わったあとや休日も一緒に過ごすことが多かったせいか、久しぶりに一人きりで過ごす休日が、ひどく寂しい気がして仕方なかった。

自分はいつからこんなに欲張りな人間になったのだろう？

前は仕事の役に立てればそれだけでよかった。秘書としての自分の能力を深見が認めてくれればそれだけでよかったはずなのに。思いがけず恋が実って、深見と一緒に過ごすことが増えれば増えるほどに夏澄は欲張りになった。

たった数時間しか離れていないのに、深見に会いたくて、声が聴きたくて、たまらない。

深見はきっと今頃孝之に振り回されて忙しいだろう。わかっているのに……

夏澄はガラステーブルの上に置いていたスマホを手に取った。

呼び出したのは深見のプライベート用の携帯番号。

今までよほどのことがない限りこちらに電話をしたことはない。

深見にはたまには仕事以外でも電話してこいと言われているが、特に用事がないのに電話をかける勇気が夏澄にはなかった。

忙しい男だということは夏澄が誰よりも知っている。そんな男を煩《わずら》わせていいのか……

迷っていたはずなのに、気づけば夏澄の指は持ち主の意思とは裏腹に、深見へ電話をかけていた。

――五回だけ……五回だけ鳴らして、出なかったら、すぐに切ろう。

聞こえてきた呼び出し音に、夏澄は覚悟を決める。

きっと深見は出ない。そんな思いでコール音を聞く。

着信が残っていれば、孝之との用事が終わったあとに、連絡をくれるかもしれない。

そんな淡い期待もあった。

……三回。四回目。

自分は何をしているんだろう？　馬鹿なことをしている。その自覚はあったけれど、自分の行動を何故か止められない。

次のコール音が鳴ったら電話を切ろうと決めて、夏澄が指を動かした瞬間、『……夏澄？　どうした？　何かあったのか？』と、スマホを通して少し慌てたような深見の声が聞こえた。

「……………！」

自分でかけておいてなんだが、まさか深見が本当に電話に出るなんて思っておらず、夏澄は咄嗟《とっさ》に返事ができなかった。

『夏澄？』

「すみません！」

黙り込んでいる夏澄に深見が怪訝《けげん》そうな声で呼びかけてきて、我に返る。

『どうした？　こっちに電話をかけてくるなんて何かあったのか？』

「いえ……何でもないんです……忙しいところにすみません」

『うん？　別にたいして忙しくないから大丈夫だ。本当にどうしたんだ？　何かあったんじゃないのか？』

心配そうに尋ねてくる深見の声に、夏澄はいたたまれなくなる。

「本当に何でもないんです……ごめんなさい」

言葉が尻すぼみになる。

久しぶりに一人で過ごす休日に、寂しくなったとは言い出せない。

束縛を何よりも嫌った男に、そんなことは言えなかった。

『夏澄？　別に謝る必要はない。夏澄がこっちの番号にかけてくるなんて、よほど何かあったのかと心配になっただけだ。本当に何もなければそれでいい』

「………会いたくて」

こちらを気遣うような穏やかな声に、思わず言うつもりがなかった本音が漏れた。

ああ……言ってしまった。そう思った。

心臓がひやりと竦《すく》んだが、放ってしまった言葉はもう取り戻せない。

――こんなことを言ってしまえば、さすがに鬱陶《うっとう》しくなって、切り捨てられるかも……

最近の深見の甘い態度に忘れていた不安が押し寄せる。

『……そうか。わかった。夏澄は今どこにいる？』

「え？　……社長？」

しかし、返ってきたのは予想外の反応だった。どこか興奮したような声で『迎えに行く！』と言う深見に、夏澄は驚きと戸惑いを隠せない。

『どこにいるんだ？』

「家に、家にいます……」

もう一度、尋ねられてその勢いに押されるように夏澄は答えた。

『わかった。そうだな。ここからだと夏澄のマンションまでは一時間くらいだと思うから、それまで待っててくれ』

「あ、あの社長！　待ってください！　大丈夫なんですか？　会長とお出かけされているんですよね？」

あっさりとこちらに来ることを決めた深見に夏澄は慌てて確認する。

孝之と深見が一緒に外出するなんてことは滅多にない。今日は何かよほどの大事な用事があったのだろうと思っていただけに、迎えに来ると言い放つ深見に焦《あせ》りを覚えた。

『あ？　親父との用事ならもう済んだ。夏澄が心配するようなもんじゃないしな。用事も終わったのに、いつまでもこんなおっさんの顔なんて見てても不愉快なだけだ！』

『なんじゃと!?　それはわしのセリフだ!!　お前みたいな出来の悪い息子の顔なんて好《す》き好《この》んで眺める趣味はないわ！』

深見の言葉に被せるように、遠くから孝之の文句が聞こえてきた。

『うるさい！』

『親に向かってうるさいとはなんじゃ!?』

『いいから黙っててくれ!! 今、夏澄と電話してるんだ!』

電話の向こうで短く親子喧嘩《げんか》が繰り広げられ、すぐに静かになる。深見が孝之を押しのけてどこかに移動したらしい。

深見が大きく息を吐き出したのが聞こえた。そのため息は夏澄の張りつめていた緊張を緩《ゆる》めた。

『親父のことは気にしなくてもいい。それに初めての夏澄のわがままのほうが俺には大事だからな』

「社長……」

夏澄の心を知ってか知らずか何のためらいも嫌悪もなく告げられたその言葉に、夏澄の心が甘く揺らされた。

『それに夏澄に渡したいものもあるし、ちょうどよかった。今から行くから部屋で待っていてくれ』

ひどく柔らかい声でそう言うと、深見は夏澄の返事も聞かずに電話を切った。

切れた電話を眺め、夏澄はざわざわと騒ぐ胸を手のひらで押さえる。

強く脈打つ鼓動が、これは夢ではなく現実なのだと夏澄に教えてくれた。

夏澄は堪《こら》え切れずに小さく息を吐き出す。

その吐息は熱を孕《はら》んで甘く夏澄を焦がした。

†

深見は宣言どおり、一時間後に夏澄の自宅マンションにやってきた。

「社長……‼」

チャイムが鳴って、玄関を開けるとほぼ同時に手首を掴まれ、引き寄せられた。

強引に引っ張られたせいで、上がり框《かまち》にいた夏澄の体が玄関に転がり落ちそうになるが、その前に力強い腕に抱きとめられる。

深見の香水の香りにまじって外の雨の匂いが強く香った。雨を含んで湿ったスーツが、夏澄の頬に触れる。深見がこの初秋の冷たい雨の中、夏澄に会うためだけに急いで来てくれたことに気づいた。

深見と電話してからずっと乱れたリズムを刻み続けていた心臓が、さらに不規則になるのを感じる。

深見の背後で夏澄の部屋のドアが閉じる。夏澄はここが玄関先であることを思い出すが、それでも突き動かされるように深見の背に腕を回して抱き着いた。

頭上で、深見の深いため息が聞こえた。その安堵したような響きに夏澄は我に返る。

いい年をして、自分たちは一体何をしているんだろう？

熱に浮かされた若いカップルでもあるまいしと自分たちの行動を恥ずかしく思いながらも、夏澄は深見から離れられなかった。

たった数時間会えなかっただけなのに、まるで長い時間離れていた恋人同士のように、会ってすぐに抱き合っている。

この状況がなんだかおかしくて、夏澄は思わずくすりと笑った。

「夏澄？」

不意に笑い出した夏澄に、怪訝《けげん》そうに深見が名前を呼ぶ。

「……ごめんなさい。昨日、別れたばかりなのに、そう思ったら……」

「一人だけ興奮してて悪かったな」

腕の中でくすくすと笑う夏澄に、深見がばつが悪そうに嘆息した。

「初めて聞いた夏澄のわがままが嬉しかったんだよ」

不貞腐《ふてくさ》れたような囁《ささや》きが落ちてきて、夏澄を抱く腕に力が籠《こも》る。

「夏澄は全然わがままを言わないからな……」

どこか寂しげに聞こえたその声に、夏澄は驚く。

見上げると、苦笑する深見と目が合った。

「夏澄の控えめな性格は美徳だとは思うが、たまにはわがままの一つも言ってもらわないと不安になる」

夏澄を責めるでもなく穏やかに微笑む深見は、一瞬、夏澄がよく知るはずの男とは別人に思えた。

いつもわが道を行く深見が、こんなことで不安になるなんて意外だ。

「わがまま、言ってもいいんですか？」

「当たり前だ」

おずおずと問いかけると、深見はきっぱりと言い切った。

その答えに夏澄は緊張を緩《ゆる》ませる。と同時に、深見の言葉をそのまま信じていいのか不安になった。

そんな思いが顔に出ていたのか、深見が夏澄の頬にそっと触れて苦笑を深めた。

「そんな顔するな」

「だって……」

瞼《まぶた》を伏せて言いよどむ夏澄の顎《あご》を深見が掴んで持ち上げる。

そして夏澄の言いたいことを察したらしく、肩を竦《すく》めた。

「夏澄には今までの俺の行状を全部知られてるからな」

いっそ穏やかとも思える口調で、深見はそう自嘲する。

夏澄が今覚えている不安の何もかもを、深見は見透《みす》かしているのだろう。

その不安があるからこそ、付き合い出した今も素直に深見に想いを伝えられていないことも……

あれを買って、これを買って、どこそこのレストランに行きたい……

かつて付き合いのあった女たちのそんなわがままには気軽に応《こた》えていても、束縛や独占欲を匂わせるものに対してはひどく冷淡だったことを夏澄は知っている。

だから、怖かった。恋人として一緒にいても、いつか深見が手のひらを返すように夏澄を切り捨てるのではないかと。

今が幸せだと思えば思うほどに、夏澄の中でその不安は大きくなっていった。

だからこそ、夏澄は踏み出せなかった。

深見を信じたい。でも、怖い。

相反する感情の中で、ずっと夏澄の心は揺れていた。

深見と過ごす時間の中、高まる体の熱とは裏腹に、心はどんどん委縮《いしゅく》していたことに気づく。

「俺が何を言っても、夏澄が信じられないのはわかってる。いくら言葉を尽くしたところで、今までの女に対するだらしなさを全部見られているからな……夏澄の不安も理解してるつもりだ。こればかりはどうしようもないこともな」

「そんなつもりは……」

天井を仰《あお》ぐようにしてそう言う深見は達観した様子を見せている。夏澄は咄嗟《とっさ》に反論しようとしたが、何と言ったらいいのかわからなくて言葉が途切れた。

深見が言うとおりなのだ。

あの日、深見に願った言葉どおりに、深見を信じたいと思ったし、もっと自分に自信をつけたいと思っていた。けれど、なかなか思うようにはいかない。

深見は、今まで付き合っていた女性たちすべてと手を切って、夏澄のためにゆっくりと時間をかけて歩み寄ろうと努力してくれている。それがわかっているのに、未だに一歩も踏み出せない自分の自信のなさを夏澄は持て余していた。

「夏澄には俺の行動を責める権利も資格もあるぞ？」

わざとおどけたようにそう言う深見に、夏澄の視界が滲《にじ》む。

何もかもわかっていて、それでも夏澄が踏み出すまで待つと言ってくれる男の何が不満なのだと自分に問いかける。

決して褒められない態度で、多くの女性たちを振り回してきた深見は、けれど想いを伝え合ったあの日からずっと夏澄に対して紳士で誠実だった。

怖がる必要なんて、何一つなかったのだと知る。

あの日、夏澄が願った想いのすべてを、深見はちゃんと受け入れてくれていた。

深見の広い胸に額を押し付けて、囁《ささや》くようにその言葉を告げる。

「ちゃんと好きなんです……」

「知ってる」

何とも深見らしい言葉で、迷いもなく即答されて夏澄は笑い出す。

間違ってはいないけれど、その自信はどこから来るんだと思わずにはいられない。

「やっと笑ったな」

夏澄の背をゆったりと撫でながら、深見がどこかホッとしたようにそう言った。

夏澄はようやく自分の気持ちに素直になれる気がした。深見に気づかれないように小さく息を吐き出し、顔を上げて微笑むと「上がってください」と声をかける。

「いいのか？」

珍しくもためらう素振りを見せた深見に、夏澄は頷く。

「社長を呼びつけておいて、ここで帰れと言うほど私はひどい女のつもりはありませんよ。それに、このまま濡れていたら、風邪ひきますよ」

「そんなにやわじゃない。本当にいいのか？　部屋に上がったら俺の理性が切れるかもしないぞ？」

からかう素振りでそう言う深見。だが、その瞳に混じる本気に気づかないほど、夏澄は鈍感ではない。

「社長の理性が切れてもかまいませんよ」

するりと言葉が唇から滑《すべ》り出た。深見が一瞬だけ呆気にとられた表情を浮かべる。それを見て夏澄は悪戯《いたずら》が成功した子どものように笑う。

「今、タオルを持ってくるので、ちょっと待っていてください」

そう告げて、玄関横にある洗面所にタオルを取りに行く。

戸棚からバスタオルを出していると、後ろから伸びてきた腕に再び囚われた。

「私まで濡れるじゃないですか？」

「すまん」

照れ隠しに心にもない文句を言えば、ちっとも悪いと思ってない声音で男はそう言い、より深く夏澄の体を包み込む。

「玄関で、待っててくださいって言いませんでしたか？」

「もうさんざん待った」

タオルを手に取ったまま夏澄が問いかければ、掠れた囁《ささや》きが耳朶《じだ》に落とされた。

確かに、夏澄はずっと深見を待たせていた。そして、これ以上、待たせるつもりはなかった。

何よりこれ以上、夏澄も待てそうにない。

そのまま耳朶を食《は》まれて、寒さとは違う震えが夏澄を襲う。

「寒いのか?」

わかっていて問う意地の悪さ。今まで待たせた意趣返《いしゅがえ》しかと思うが、そういうことでもないらしい。泳がせた視線の先、鏡に映る深見の表情は、揶揄《やゆ》するような口調とは裏腹に、余裕のないものだった。

それを証明するように耳朶に荒い男の呼吸を感じて、夏澄の頬がカッと熱くなる。

背後から回された手が、服の上から乳房の形を確かめるみたいに夏澄の胸を掴んだ。

「それとも俺は、もっと待ったほうがいいのか?」

鏡越しに視線を絡ませたまま問いかけられて、夏澄は無言で首を横に振る。

深見に触れたいと思っているのは夏澄も同じ。

二人とも互いの肌に飢えていた。

いや、その飢えは、快楽を覚えたばかりの夏澄のほうがきっと強い。

深見の手の下で夏澄の鼓動が激しく乱れ、その興奮を表すみたいに胸の頂《いただき》が硬くしこる。

布を押し上げるその場所を、深見の親指が掠めるように触れた。

「んっ……んんぁ……」

背筋を駆け下りた甘く鋭い悦楽に、立っていられなくなって背後の男に凭《もた》れかかる。

深見の肩に後頭部を預けて仰《あお》のけば、背後から覆《おお》いかぶさるようにして深見の唇が重なってきた。

唇が触れた途端に、チュニックの布地ごと胸の先端を抓《つま》まれる。痛みに喘《あえ》げば、開いた唇に真上から舌が差し入れられた。

いつも以上に傍若無人《ぼうじゃくぶじん》になった舌が、我が物顔で夏澄の口内を動き回る。

夏澄の眉間に刻まれた苦悶《くもん》に気づいた深見が、今度は痛みに過敏になった胸の先端部分を慰撫《いぶ》するように親指の腹で擦り潰した。

「ん……ンン……あっ」

二か月ぶりに与えられた快楽に、飢えていた肌がざわめいた。

胸への刺激だけで、体は簡単に昂《たか》ぶった。体の奥から蜜が零《こぼ》れて、下着を濡らす。

不自然に体を捩《よじ》らせた状態での不自由な口づけに、首筋が痛くなる。

しかし、二人の唇が離れることはなかった。むしろ、口づけはどんどん深くなっていく。

口の中に溢《あふ》れた二人分の唾液がうまく飲み込めず、口の端から流れ出る。

いくらも経たないうちに、狭い洗面所の中はさやかな衣擦《きぬず》れの音と、二人分の荒い呼吸、夏澄が時折上げる喘ぎで満たされた。

下腹部に這《は》わされていた男の指が、レギンスのウェスト部分から忍び込み、恥骨の上を撫でさする。

「あ……ぁ」

際どい場所に深見の手のひらのぬくもりを感じて、夏澄の体の奥がどろりと溶けた。

唇が解《ほど》けて、夏澄は熱っぽい吐息を吐き出す。

羞恥《しゅうち》にギュッと瞼《まぶた》を閉じながらも、夏澄は深見にされるがままその身を任せた。

その場所が濡れていることを確かめるように、深見の太い指が敏感な入口を出入りする。くちゅくちゅと濡れた水音が聞こえて、夏澄は羞恥に顔を俯《うつむ》けた。

膝から力が抜け落ちてしまいそうで、洗面台の縁《ふち》を掴んで、与えられる快楽になんとか耐える。

どんどん荒くなっていく呼吸と大きくなる水音に、何かを考えるのが面倒になって、ただ、ただ、この甘い快楽を享受した。

うなじに口づけられて、首筋が脈打った。深見の熱い吐息が、チュニックの布地を通して伝わってくる。

服の裾から差し入れられた手のひらが、柔らかさを楽しむように乳房を弄《もてあそ》ぶ。

「はぁ……ぁ……」

深見の手のひらに包まれた夏澄の乳房が何度も形を変える。

——もっと……もっと触って……

心も体も乱れ切り、どうすればもっと深見と深く触れ合えるのか、そればかりがぐるぐると頭の中を巡る。

うなじに触れた深見の唇が、夏澄の名前の形に動いたのがわかった。

声にされることなく肌に直接、音が刻まれる。

深見の荒い呼気が、夏澄の肌を震わせる。たったそれだけの刺激なのに急激な絶頂感が襲ってきた。

「あぁぁぁ!!」

うねる秘所に、夏澄の絶頂を感じ取った深見が、指をより深く押し込めた。

その瞬間に、夏澄の全身が一気に強張《こわば》って、目の前が白く染まる。

火花が弾けるように、夏澄の中で高まっていた快楽が一気に弾けた――

体から力が抜け、ずるずると床に座り込みそうになるが、その前に深見の腕に腰を抱きとめられる。

荒い呼吸を繰り返す夏澄のこめかみに深見は口づけると、夏澄の体を反転させて、洗面所の縁《ふち》に寄りかからせた。

「夏澄、ばんざい」

荒い呼吸を整える間もなく与えられた単純な指示に、夏澄は何も考えずにのろのろと手を上げてしまう。

「あっ!」

ひざ丈のチェニックが裾から一気に捲《めく》られて、頭から脱がされた。

火照《ほて》った肌が外気に触れて、全身に鳥肌が立つ。

「このままじゃ風邪引くからな」

やってることと言ってることがひどく矛盾している気がしたが、今の夏澄には反論する気力もなかった。洗面所に凭《もた》れかかり、深見にされるがままに部屋着を脱がされる。

深見は湿気を含んで肌に張り付いたスーツを、鬱陶《うっとう》しそうに脱ぎ捨てた。

――スーツを乾かさなきゃ……このままじゃしわくちゃになる。

床に落ちたスーツを眺めて、ぼんやりとそんなことを考えたが、指一本動かすのさえ億劫《おっくう》だった。

深見は洗面所と繋がった浴室の扉を開けると、夏澄をそこに連れ込んだ。

シャワーコックが捻られ、濡れた肌の上にまだ冷たい水が弾けて、夏澄を正気に戻す。

「……っつめ……た!!」

咄嗟《とっさ》に水がかからないように体を丸めた。

「悪い」

冷たい水から庇《かば》うみたいに覆《おお》いかぶさってきた深見が、夏澄を抱き寄せる。

柔らかい下腹部に、直に押し付けられた熱に、眩暈《めまい》を覚えた。

――あつい……

火照ったように上気する肌に降り注ぐシャワーは、いつの間にか熱くなっている。

快楽に過敏になっている素肌は、体の上を流れていく水流すらも刺激として感じた。

体の熱が上がったまま下がらない。むしろ、ひどくなる一方だった。

触れ合わせた肌と、浴室内を満たし始めた蒸気に息苦しさを覚えて、夏澄は口を開いた。深く息を吸い込んで初めて、喘《あえ》ぎすぎた自分の喉がひどく渇いていることに気づく。

けれど、この喉の渇きを癒《いや》す術《すべ》が夏澄にはわからなかった
「ん……んぁ」

酸素と水気を求めて、夏澄は本能的に目の前にある深見の唇に口づけた。

胸を合わせると、深見の硬い胸板に乳房が押しつぶされて、胸の先端部分が擦《こす》れた。

自分でもわかってはいるが、夏澄のキスは相変わらずぎこちない。

それに、何度、口づけを繰り返しても、自分からするキスはひどく恥ずかしかった。

しかし、深見は夏澄の下手なキスでも、嬉しそうに受け入れてくれる。

精一杯伸びあがって、拙《つたな》い動きで男の舌の先端を吸い上げると、抱擁《ほうよう》がきつくなる。

薄目を開けて、深見の表情の変化を眺めていると、なんだかくすぐったくも甘酸っぱい気持ちになる。そのまま何度も、唇を触れ合わせて、ついばむだけの口づけを繰り返した。

「愛してる……」

唇が離れる隙を縫って囁《ささや》かれた愛の言葉に、胸が痛いほどに切なく疼《うず》いた。

何度言われても、この言葉を聞くたび、胸が痛くなる。

哀しいわけでも、苦しいわけでもないのに、目じりに涙が滲《にじ》む。

いや、今、自分は苦しいのだと夏澄は気づく。

自分の中にも、深見と同じ想いが溢《あふ》れて、出口を求めて苦しんでいた。

「しゃ……ちょ……あぃ」

なんとか今のこの想いを言葉にしたいと思って唇を開いたはずなのに、そのタイミングを狙ったように口づけが一気に深くなった。

舌を絡め取られ、夏澄の言葉は深見の口の中に呑み込まれてしまう。

言葉にできなかった想いが、夏澄の中で暴れて苦しかった。

ひどくもどかしくなって、夏澄は泣く。でも、キスもやめられない。

まるで小さな子どもみたいにしゃくりあげるせいで呼吸が乱れて、上手く息が吸えない。

逃げ場がないままに、貪《むさぼ》られた。酸欠に頭がくらくらとして、気持ち悪さに夏澄は再び瞼《まぶた》を閉じる。

大きな手が、夏澄の背中から腰にかけてゆっくりと撫で下ろし、そのまま丸みを帯びた夏澄の尻を這《は》う。

後ろから内腿に入り込んだ手に片足を持ち上げられた。

「ぁ……はぁ……はぁ……落ち、落ちちゃう……」

立ったまま足を上げられるという不安定な姿勢が怖くて、夏澄はしがみつくように深見に抱き着いた。

「支えているから大丈夫だ。落とさない……」

力強く囁いた男は額やこめかみに口づけると、足の間に体を割り込ませた。

「あ、あ、やぁぁ……」

ゆっくりと揺すられるたび、蕩《とろ》け切った体の奥に押し当てられたものがどんどんと入り込んでくる。自分の体を押し開く硬い肉の感触に、秘所が蜜を零《こぼ》して歓喜するように蠢《うごめ》いた。

「ふ……くぅ……はぁ、はぁ……あぁぁ！」

もうこれ以上は無理だと思うほど体の奥の奥まで征服されて、どうしようもない快楽に全身が震えた。もう待つのをやめた男は、すぐに動き出した。

下から突き上げられて、夏澄は深見の体に必死でしがみ付く。

濡れて滑《すべ》る男の体を離すまいと、腕と足を絡めて、隙間もないほどに抱き合い、より深い快楽を追う。

「あ、はぁ、ああ……ふぅ……」

自分の喘《あえ》ぎが浴室に反響にして、普段よりも大きく聞こえる。たまらなく恥ずかしいのに、声を堪《こら》えることができなかった。

自分の息遣いがひどくうるさく感じた。

無言のまま激しく体を揺さぶられて、怖いのにひどく感じていた。

「いっ……！　夏澄!!　こら、噛むな……」

耳を打つ自分の喘ぎ声がうるさくて、つい目の前の深見の肩に歯を立てて噛みついた。

それまで、ほとんど無言だった深見が、苦笑まじりに夏澄を咎《とが》める。

その余裕のある態度に、深見と自分の経験値の差を思い知らされた気がした。

自分はこんなにも簡単に快楽に溺《おぼ》れているのにと思うと、なんだか悔しくて泣きたくなる。

「やぁん!!」

背骨の形を辿るように撫で下ろされて、くすぐったさに思わず深見の肩から唇を離す。

「ふぅぅ……ん……」

自分でもなぜ今、こんなにも泣きたくなるのかわからない。けれど、やっぱり余裕のある男の態度が許せなくて、夏澄は再び深見の肩に噛みついた。

「だから痛いって……」

喉奥で苦笑まじりにそう言いながらも、深見はそれ以上は何も言わずに、噛みつく夏澄のこめかみに口づけた。濡れて張り付く夏澄の後ろ髪を引っ張って、「噛みつくならこっちにしろ」と唇を寄せてくる。

迫る深見の唇にキスをする。

恥じらいはもうなかった。積極的に自分から深見の唇に舌を差し込み、歯列をなぞって、舌を絡め合う。

燻《くすぶ》る悔しさはあるが、この差がどうしようもないこともわかっていた。

唇の中も体の奥も同じように、深見でいっぱいになる。

体中が熱くて、熱くて、たまらなかった。

肌の上を流れていくシャワーの温水すらも温《ぬる》く感じるほどに、体全部が熱を持っていた。

体の奥を穿《うが》たれ、快楽が夏澄の心と体を支配する。

もっと深く深見と繋がりたい。深見に自分を刻み込んでしまいたかった。

「もっと……もっと……ひ……ど……くし……て……」

口づけの合間に、吐息だけで夏澄が訴えれば、深見の眉間に皺《しわ》が寄り、気配が剣呑なものに変わる。

「お前な……。今ここで、そんなこと言うか？」

呆れたように唇の端を歪《ゆが》めた深見は、「もう十分に、ひどいことしてるだろう？」と夏澄の体を穿《うが》つ動きを速くする。

目の前に白い火花が散り始めて夏澄は自分の限界を自覚する。

その前にどうしても伝えたいことがあったことを思い出す。

「す……き……です……」

「だから、今、そういうことは……!!」

告げた途端に、深見の気配がますます険しくなって、強い声で遮《さえぎ》られた。

その声の強さにびっくりしながらも、どうして？　と思った。

さっきはこちらが呆れるほど自信満々に夏澄を受け入れてみせたくせに、なぜ今この時に遮られるのかわからなくて、泣きたくなる。

「好き……なん……で……す!!」

「そんな顔で、可愛いことを言うな。持たないだろうが!!」

駄々っ子のようにもう一度告げれば、頭ごなしに叱られた。

体の奥で脈打つものの体積が大きくなった気がした。

もっと、もっとと煽《あお》るように体を押し付ければ、一番感じる部分を執拗《しつよう》に穿たれた。

油断すれば舌を噛みそうなほどに揺さぶられ、何も考えられずに快楽を追うことだけに必死になる。朦朧《もうろう》とする意識の中、はっきりと感じるのは自分の体を穿つ深見の熱と、背筋を這《は》い上がる気持ちよさだけ。

「は……な……さない……で……傍……いて……」

「当たり前だ！　今さら離せるか!!」

遠く霞《かす》む意識の中で哀願すれば、余裕を失った男がひときわ強く夏澄を穿ち、きつく抱きしめてきた。

「…………っ！」

その瞬間、声を発することもないまま二人同時に上り詰めていた。

熱が弾ける感触に満足を覚えて、夏澄は瞼《まぶた》を閉じた。

†

目が覚めたのは耳を打つ雨音と、誰かと会話している深見の声によってだった。

馴染《なじ》んだシーツの感触に、夏澄は自分がベッドに寝かされていることに気づく。

多分、あのまま気を失ったのだろう。

指先一つ思うように動かせず、じんとした痺《しび》れも体のそこここに残っている。

まだ半ば眠りの淵《ふち》に意識を預けたまま、夏澄は重たい瞼を開く。

ぼんやりと視線を彷徨《さまよ》わせると、ベッドサイドに備え付けていたスタンドライトの淡いオレンジの光が目を射た。ぱしぱしと数回瞬《まばた》きを繰り返す。ようやく光に目が慣れたところで周囲の状況が見えた。

ベッドに腰かけて上半身裸のまま、深見がスマホで誰かと会話している。

電話相手の話をなにやら真剣に聞いている深見は、夏澄が起きたことに気づかない。

深見が誰とやりとりしているのかわからないが、いつになく尖った気配を見せる背中が気になった。

――社長……？

「すぐに犯人を探ってくれ」

――犯人……？

不穏な言葉に微睡《まどろ》んでいた夏澄の意識が、徐々にはっきりとしてくる。

のろのろと重怠《おもだる》い体でなんとか寝返りを打つと、その気配に気づいたのか深見が振り返った。

夏澄と目が合った途端に深見の尖っていた気配が一気に和《やわ》らぐ。

「悪い。夏澄が目を覚ました。その件はまたあとで……」

それだけを相手に口早に伝えると、深見は電話を切った。

「起こしたか？　悪かった」

夏澄は無言で首を振る。

「社……長？」

先ほどの不穏な言葉が気になって呼びかけたが、その声は喘《あえ》ぎすぎたせいでひどくかすれて、咳が出た。

「大丈夫か？　これを飲め」

咳き込む夏澄の背を優しい手つきで撫でた深見は、夏澄を抱き起こすと自分に凭《もた》れかからせるように座らせ、いつの間にか用意していたらしいミネラルウォーターのペットボトルを勧めてくる。

受け取ろうとしたが、深見は渡してはくれず、そのまま夏澄の口元にペットボトルの口を当ててくる。

「ほら……」

見上げると、何故か楽しそうな深見がペットボトルを傾けてきた。

飲ませてくれるつもりなのだろうかと戸惑いながら口を開けると、慎重な手つきで水が喉に流し込まれた。

室温に温《ぬる》んだ水は、渇いた喉に優しく沁みた。

数回に分けてゆっくりと流し込まれるそれが、体の隅々まで行き渡り、夏澄の渇きを癒《いや》す。ホッと、ため息のような吐息が零《こぼ》れた。

夏澄が満足したのがわかったのか、深見はペットボトルをスタンドライトの横に置くと、ベッドに乗り上がってきた。そのまま夏澄は、抱き枕よろしく深見の腕の中に引き寄せられる。

狭いシングルベッドではそうしないと、深見の大きな体がベッドからはみ出しそうだった。

「体は大丈夫か？」

上機嫌に口角を上げた深見が、夏澄の髪を触りながらそう言った。

労《いたわ》るように何度も髪を梳《す》かれて、夏澄は自分の髪が乾いてさらさらしていることに気づく。

風呂場で立ったまま抱かれたあとに、丁寧に体や髪を洗われたような覚えもあるが、記憶はひどく曖昧《あいまい》だった。ただ、髪を乾かすためにタオルで拭《ぬぐ》ってくれた深見の優しい手つきは覚えている。

最近気づいたが、普段は人に世話をされることが当たり前の生活をしている深見も、こんな時は過保護なまでの世話焼きだ。

「大丈夫です」

「そうか」

水分を摂《と》ったせいか、今度ははっきりとした声が出た。それに安心したのか、深見は夏澄の髪の感触を楽しむように指先に絡めて弄《もてあそ》び出す。

重ねた肌から、深見の規則正しい鼓動を感じて、夏澄は再び微睡《まどろみ》に誘われそうになった。

――今、何時だろう？

時間の感覚がひどくあやふやだった。部屋の中は薄暗く、あれからどれくらいの時間が経ったのかもわからない。

「もうすぐ夜の七時だ」

時計を探す夏澄に気づいたのか、深見が時間を教えてくれた。

ずいぶん時間が経っていたことを知り、夏澄は自分の体力のなさにため息をつく。

「どうした？　まだ眠いか？」

「少し」

「寝ててもいいぞ？」

「……んっ……」

そう言いながらも、深見の手のひらは悪戯《いたずら》に夏澄の肌の上を辿り、その眠りを妨《さまた》げる。体は疲れ切っていて、今すぐにでも寝てしまいたいと訴えていたが、先ほどの不穏な言葉も気になって眠れない。

夏澄はぐずる子どものような唸《うな》り声を上げながら、深見の胸に額をぐりぐりと押し付けた。

「夏澄。くすぐったい」

深見は楽しげに笑いつつ夏澄を抱きしめる。

そうして、もつれた夏澄の髪を再び梳《す》き始めた男の指はどこまでも柔らかく優しかった。

しばらく深見の好きにさせていたが、夏澄もだんだんと目が覚めていく。

そうするとやはり気になるのは、先ほどの深見の電話だった。

「社長?」

「ん?」

「さっきの電話、何かあったんですか?」

「夏澄が心配することは何もない」

本当に何でもないような口調で深見はそう言ったが、長い付き合いで、夏澄は深見が何かを隠していることに気づいた。しかし、ここまできっぱりと言ったということは、これ以上詮索したところで何も答えてくれないだろう。

これ以上聞いても無駄だと夏澄が諦めると、深見が夏澄の左手に指を絡めて持ち上げた。

「それより夏澄、いい加減、これに気づいてくれないか?」

深見が強引に話題を変えたことに気づいたが、それよりも指先に口づけながら囁《ささや》かれた言葉に驚き、目を瞠《みは》った。

左手の薬指に見覚えのないダイヤの指輪がはめられていた。

シルバーの台座には、何カラットあるのか考えるのも恐ろしいようなダイヤが輝いている。

上品なデザインのその指輪は、夏澄の指にぴったりと馴染《なじ》んでいた。

驚きすぎて言葉を失くした夏澄に、深見がしてやったりというように笑みを深める。

「今日、親父から受け取ってきた。親父がお袋に渡した婚約指輪。お袋が死ぬ間際に俺の結婚相手に渡してくれって言ってた指輪だ」

「そんな……そんな大事な指輪、もらえません!!」

慌てて指輪を抜いて返そうとしたが、絡められた指にそれを阻《はば》まれる。

「俺はこの指輪を、夏澄にこそ持っていてほしい。結婚してくれ」

決意を込めるように、一言、一言、はっきりと告げられた言葉に、夏澄の視界が滲《にじ》む。

二度目のプロポーズは一度目のそれよりも、甘やかに強く夏澄の心を揺らした。

胸の奥がまるで痛みを訴えるようにずきずきと疼《うず》いた。

人間は幸せすぎても泣きたくなるのだと夏澄は、この時初めて知った。

「私……で……いい……で……すか？」

「夏澄がいい」

息を詰まらせながら問いかければ、きっぱりと告げられて、涙が溢《あふ》れて止まらなくなる。

頬を辿る夏澄の涙に、深見が口づけた。

吐息の触れる距離で、二人の視線が絡んで、離れなくなる。

怖いほどに真っ直ぐ自分を見つめる深見に、彼の本気を知らされた。

「夏澄、返事は？」

悪戯《いたずら》っぽく笑った深見が答えを促《うなが》すように、夏澄の首筋を撫でた。意図を持って這《は》わされた深見の手のひらに、びくりと首を竦《すく》めると、今度はリップ音とともに額にキスが降ってくる。

深見の表情も、仕草も、どこまでも甘く優しいのに、有無を言わさない強い決意が潜《ひそ》んでいて、夏澄は逆らえそうになかった。

もとより断る理由など、もう夏澄にはない。

「……………これからもお願いします」

額から唇が離れていく間際、夏澄は小さな、小さな声で、深見のプロポーズを受け入れた。

「ありがとう」

想いが溢《あふ》れすぎて、うまく言葉にすることができなかったが、深見は満足げにため息をつき、緩《ゆる》やかに夏澄を抱きしめなおす。

深見の胸からは驚くほどに速く脈打つ鼓動が聞こえてきた。穏やかな態度とは裏腹に深見もかなり緊張していたらしい。同時に、重ね合った素肌に、深見の体の変化を感じた。

おずおずと潤《うる》んだ瞳で見上げると、気づいた深見が苦笑して首を振る。

「無理しなくていい」

「……してないですよ？」

深見の言うとおり確かに体は疲れ切っていたが、同時に奥底の熱も高まっていた。

誘う仕草で足を絡めて、深見の胸に唇を押し当てる。

「夏澄……」

低く唸《うな》るように名前を呼ばれ、いささか乱暴にシーツの上に押し付けられた。

覆《おお》いかぶさってきた男の肩に腕を回して抱き着き、夏澄は目を閉じる。

激しい雨音が聞こえた。雨音以外、何も聞こえない気がした。

あまりに静かな夜に、この世に二人だけが取り残されたような、そんな錯覚を覚える。

「夏澄」

名前を呼ばれるたび、深見への愛おしさが募《つの》る。もう雨の音は聞こえなかった。深見の声以外、何も聞こえない。

「んっ！　んん……」

縺《もつ》れ合って、抱き合って、互いの唇を奪い合う。

体の奥で静まりかけていた燠火《おきび》が再び燃え上がり、肌の熱を高める。

隙間もないほどに抱き合っているのに、まだ足りないと心と体が訴えていた。

もっと……もっと、欲しいと夏澄の中の貪欲な女が深見を欲して暴れている。

つい数時間前まで深見を受け入れていた秘所は、いまだに潤《うる》んでいて、あっさりと男の指を受け入れた。

秘所から聞こえてくる水音に、夏澄の肌が赤く染まる。

「……っ‼」

言葉も何もないままに一気に埋められたものの逞《たくま》しさに、夏澄は頤《おとがい》を反らして、声にならない悲鳴を上げた。

そんな風に乱暴に奪われたというのに、不思議と痛みは感じなかった。

むしろ感じたのは純粋な気持ちよさだけだ。

熱く濡れて蕩《とろ》けきった粘膜は、圧倒的な深見の質量に、歓喜の声を上げて絡みつく。

荒い呼吸の音と心臓の鼓動がうるさいほどに体の中に響いていた。

何をされても、ただ、ただ、夏澄は感じていた。

激しく揺さぶられ、体の奥を突かれるたびに、頭からつま先にかけて疼《うず》くような痺《しび》れが走った。

あまりに激しい動きに振り落とされそうな錯覚に襲われる。体が離れてしまうのが嫌で、思うように動かない足をどうにか動かして、深見の腰に絡めた。

全身で離れないでと訴えれば、強い腕が腰を抱え上げて、強烈に突き上げられる。

合間に、肌の上を唇で辿られ、胸の頂《いただき》を甘噛みされると、たまらなかった。

強烈な感覚に、深見の肩に回していた腕が落ちて、シーツの上で無意味にもがく。

体を繋げるたび、深く、濃くなっていく快楽に、覚えたのは不安。

「も、……もぅ……も……ど……れ……な……ぃ」

この幸せを知らなかった頃の自分には、絶対に戻れない。そう思った。

「戻らなくていい」

左手を取られて、指を全部絡めるように繋ぎ直される。手のひら全部が触れ合うとひどくホッとした。

合わせた手のひらから、深見が夏澄を慈《いつく》しむ感情が伝わってくる気がして、心臓が痛くなる。

甘すぎる痛みに、堪《こら》え切れずに吐息だけで伝えたのは、「愛しています」の一言。

その言葉に、深見が目を瞠《みは》り、とても幸せそうに微笑んだ。

その微笑みに、意識をすべて奪われる。

次の瞬間、がんとひときわ強く突き上げられて、体が宙に浮いた気がした。

落ちると同時に抱き留められた。あとはもう滅茶苦茶に体を揺さぶられる。

奥に押し込まれて、感じる部分を擦《す》り潰されて、どろどろに体が蕩《とろ》けた瞬間、余裕のない声で同じ言葉が返された。

喉の奥がひくついて声が出ない夏澄は、深見にしがみ付いてその想いに応《こた》えた。

逞《たくま》しい体がぶるりと震えて、深見の背中の筋肉がうねった。

――ああ……くる。

そう思った次の瞬間、放たれた熱に体の奥が焼かれた。絶頂とともに体の中の深見を締め付ける。

二人ほとんど同時に上り詰めたあと、落ちてくる男の体を夏澄は受け止めた。

†

一雨ごとに秋が深まっていく。まだまだ暑いと思っていたのに朝晩は冷えるようになり、気づけば季節はすっかり秋へと変わっていた。

カーテンの隙間から入り込んだ朝日に眩《まぶ》しさを覚えて、夏澄はそれから逃れるように寝返りを打とうとした。しかし、腰に回された重たいものが、夏澄の動きを制限する。

腰の上にあるそれが何だかわからないままにじたばたとしていれば「……暴れるな」と耳元で低い男の声が聞こえた。夏澄はようやく自分が深見の腕の中で眠っていたことを思い出した。

瞼《まぶた》を開けば、夏澄の腰を抱き直した深見が眉間に皺《しわ》を寄せたまま再び眠りに落ちたところだった。ちょうど頭上で目覚まし時計が鳴り始めた。夏澄がアラームを止めるより早く、深見が手を伸ばし、叩き付けるように目覚ましを止める。

その動きは多分、アラームが鳴ってから二秒にも満たない早業《はやわざ》だった。あまりの素早さに夏澄は呆気に取られてしまう。

ここ最近、セットしたはずの時間に目覚ましが鳴らず、寝坊していたのは、深見のこの早業のせいだったのかと気づいてため息をついた。

「……まだ寝てろ。起きるには早い」

「おはようございます。今度から勝手に目覚ましを止めるのやめてくださいね」

もっと朝寝をしようと誘惑してくる深見の腕からなんとか抜け出して、夏澄はベッドを下りる。

「いくらなんでも起きるには早いだろう」

朝日の眩しさから逃げるように枕に顔を埋めた深見が、不機嫌そうな視線を夏澄に向けてくる。

ずり落ちたシーツの間から、深見の鍛えられた裸の背中が見えて、夏澄は思わず視線を逸らした。

もう何度も夜を一緒に過ごしているというのに、明るい日差しの下で見る深見の裸体には、なかなか慣れそうにない。

「そんなことありませんよ。この時間に起きないと遅刻します」

「一緒に出勤すれば遅刻なんてしないだろう？」

「社長と一緒に出勤していたら私の業務が滞《とどこお》ります」

「そんなこともないだろう？　せっかく天気もいいみたいだし、なんなら今日は休みにして、一日二人でのんびりしよう」

いいことを思いついたという表情でそんなことを言い出した深見に、夏澄は呆れて視線を送る。

「馬鹿なことを言わないでください」

「別に馬鹿なことを言ったわけじゃない。俺は本気だぞ？」

「何言ってるんですか。休めるわけないじゃないですか。社長はまだ寝ててください。私は、朝ごはんの用意をしてきますから」

「いや、起きる」

朝ごはんという言葉に、深見もベッドから起き出してきた。夏澄は無言で、ベッドの下に脱ぎ散らかされたままだった深見のシャツを手渡す。そうしないと深見が裸のままで自宅内をうろつきかねないことを、夏澄はここ数日で学んでいた。

額に落ちてきた前髪を鬱陶《うっとう》しそうに掻き上げた深見が、夏澄から受け取ったシャツを羽織りながら、にやりと笑った。

「いい加減慣れたらどうだ？」

夏澄が目のやり場に困っているのを揶揄《やゆ》する深見の発言に、素っ気なく「無理です」と答えると、夏澄は深見を残してそそくさと寝室をあとにする。

あのまま一緒にいれば、またベッドに引きずり込まれるか、からかわれ続けるのはわかっている。

——夏澄が深見の母親の形見の婚約指輪をもらってから、そろそろ三週間が経とうとしていた。

その三週間の間に、夏澄の生活は激変した。

二度目のプロポーズを受け入れた次の日から、夏澄は数日分の着替えと貴重品だけを手に深見のマンションに移っていた。

一緒に暮らすのはまだ早いと夏澄は思っていたのだが、結婚したらどうせ一緒に暮らすのだから、という深見に、半ば強引に連れ込まれた。

それから今日までの三週間、夏澄は深見と一緒に暮らしている。

今はほとんど自分のマンションには帰ってない。

たまに深見の送迎付きで、着替えや荷物を取りに行く程度だ。

忙しい深見にそこまでしてもらうのは悪いし、荷物くらい自分で取りに行けると断っても、『俺が夏澄と一緒にいたいだけだから気にするな』と分刻みのスケジュールを縫って夏澄の送迎を買って出てくれていた。

ただの秘書の頃からよく出入りしていたこの高級マンションは、最上階のワンフロアすべてが深見の部屋になっている。二十畳はあるリビングと、使いやすく広いシステムキッチンに、寝室、書斎、客間が二つ。ウォークインクローゼットも一部屋分あり、かなり広い。

散らかし魔の深見の部屋にしてはよく片付いていたが、定期的に清掃業者を入れていると聞いて納得した。

今までも散々、深見には振り回されてきたが、婚約指輪を贈られた日からは、それ以上だった。どうやら深見のタガは完全に外れたらしい。

夏澄をやたらに甘やかそうとするし、とにかく傍にいようとする。自宅にいる間の夏澄の定位置は深見の腕の中と言っても過言ではないほどだ。

それまでは夏澄が嫌がることもあり、仕事とプライベートはそれなりに分けてくれていたが、今は自宅でも職場でも、深見は夏澄との関係を全く隠そうとしなかった。

『あの遊び人の帝王が、女関係を整理したと思ったら、堅物《かたぶつ》の秘書と結婚する‼』

そんな言葉とともに、二人の婚約は社内のみならず、取引先にもあっという間に伝わっていった。

今もなお、いろいろな憶測と噂が流れているが、深見と孝之が対応してくれているおかげで、徐々に沈静化してきている。

来月のどこかで、夏澄の両親にも二人で会いに行こうと深見には言われていた。

一気に変わった環境に戸惑いもあるが、この変化を夏澄は嫌がってはいなかった。

振り回される機会は格段に増えたが、深見と一緒に過ごすことを純粋に楽しんでいる自分もいる。

肌を重ねる時間も増えた。というよりもほぼ毎晩のように、深見と抱き合っていた。

今までは数人の恋人たちを相手に発散していたものが、夏澄一人に集中するものだから、そのすべてを受け止めるのは大変だ。

休日は手加減なしに相手をさせられるため、抱きつぶされてベッドから起き上がれなくなることもしばしばだった。

今は浮かれているだけだから、もう少ししたら落ち着くと深見は言うが、夏澄はその言葉を全く信用してなかった。

その証拠のように、この三週間、夏澄の肌の上には新旧取り混ぜた無数のキスマークが、刻まれたまま消えることはなかった。

——昨日だって……

昨日は珍しく仕事が早く終わった。いつもより早めの夕飯のあと、一緒にテレビでニュースを見ていたのに、気づけば悪戯《いたずら》な深見の手のひらが肌の上を這《は》い、喘《あえ》がされていた。

一度だけという深見の言葉に惑わされて、そのままベッドに引きずり込まれ、挙句に日付が変わる時間まで求められた。

最後は気を失うように眠りに落ちた。

今も、体中に深見が触れた感触が残っている気がして仕方ない。

特に腰から下は甘い重怠《おもだる》さに支配されているのだ。油断するとふらつきそうになる。

うっかり思い出しそうになった夜の時間に、夏澄は慌てて自分の思考を追い払う。

——朝から思い出すことじゃないよね。朝ご飯の支度をしよう。

気持ちを落ち着かせたくて小さく息を吐き出した夏澄は、キッチンに向かった。

キッチンの壁のフックにかけていたエプロンを身に着ける。

起床時間に合わせてタイマーをセットしていた炊飯器が、ご飯を炊き上げていた。

冷蔵庫の中から材料を取り出して、朝食の準備を始める。

朝は和食党の深見のために、鮭の切身に、卵焼き、ほうれんそうのお浸《ひた》しに、納豆、みそ汁の朝食を用意をする。

「今日もうまそうだな」

みそ汁ができたタイミングで、シャワーを浴びて身支度を終えた深見がテーブルに着いた。

ご飯を茶碗によそって深見に渡すと、夏澄も席に着く。

「いただきます」

二人同時に挨拶して、ご飯を食べ始める。

「うん、やっぱりうまいな」

「ありがとうございます」

自分が作った食事を美味しそうに食べる深見を眺めていると、ひどくくすぐったい気持ちになる。

——幸せってこういうことを言うのかな……

慣れないこともあるけれど、こうして二人で過ごす時間が、夏澄は愛おしく感じていた。

だから、この時の夏澄は気づいてなかった。

自分たちのすぐそばに近づいている影があることに——

†

最初の異変は一通のメールだった。

「これって……」

帰宅した深見のマンションでのんびりしていた夏澄は、仕事で使っているタブレットにメールが届いていることに気づいた。

そのタイトルの警告という文字を見た時にすでに、嫌な予感はしていた。

深見はちょうど風呂に入っている。広いリビングに一人でいるせいか、妙な心細さを感じながらメールを開く。

『あなたは彼にふさわしくない。今すぐ彼と別れなさい』

本文にはそれだけが書かれていた。

――ああ、ついに来たか……

メールを眺めて、最初に思ったのがそれだった。

深見と夏澄の婚約が噂になってから、祝福以外の言葉を夏澄に直接言ってくる人間はいなかった。

だが、実際は陰でいろいろと言われていることを夏澄は知っていた。

そのほとんどを深見と孝之が自《みずか》ら盾になって、夏澄に届かないようにしてくれていることも。

だからこそ、夏澄も極力、そういった陰口は気にしないようにしていたが、いつかは直接こういった嫌がらせや嫌味が自分に向かってくるだろうと予感していた。今までが平和すぎたのだ。

しかし、思ったよりも傷ついてない自分の神経の図太さに夏澄は苦笑する。

伊達《だて》に長年深見の秘書をしていたわけじゃない。そもそも前からこういうことはよくあったのだ。

仕事の時はそれこそ深見と夏澄は四六時中一緒にいる上に、元恋人たちのデートやプレゼントの手配も夏澄がほぼ担《にな》っていた。そのせいで昔から夏澄は、深見の長年の愛人と勘違いされて、様々な嫌がらせや嫌味を言われるなどの被害にあっていた。

おかげで、こういう事態には免疫《めんえき》ができている。

――とりあえず様子見かな……

どんどん過激になる、もしくは直接的な行動に出るようであれば、対応を考えよう。

専用のフォルダを作って、メールは念のために証拠として取っておく。

機械的にメールを保存しながらふと、プロポーズの夜に深見が電話で誰かに言っていた『犯人』という言葉が頭を過《よぎ》った。

――多分、これが初めてじゃない。

夏澄が気づいていないだけで、きっと他にも何かあったのだろう。

直感でしかないが、間違っていないはずだ。

思えば、あの夜から深見は一時《いっとき》も夏澄から離れようとしない。

夕飯の買い物やその他、日常の些細《ささい》な用事などで夏澄が独りで行動しようとすると、どんなに忙しくても深見は時間を作って夏澄と一緒に動こうとしていた。わずかな違和感を覚えつつも、今はいろいろと浮かれていて、自分が夏澄と離れたくないからだと囁《ささや》く男の言葉を信じていた。だが、これが原因だったのだろう。

——いくらなんでも、過保護すぎるでしょ。

そう思ったが、深見の想いが嬉しくないわけではない。

ただ、いくら頼りにならなくても、少しは相談してほしかったし、頼ってほしかったと思ってしまうのはわがままなのだろうか。

深見が動いているというのなら早晩、このメールの送り主も見つかるだろう。

自分は余計なことをしないほうがいいと冷静に判断しながらも、唇からは重たいため息が零《こぼ》れるのを止められなかった。

「どうした？　浮かない顔でため息なんてついて？」

「え？　あ、……何でもありません」

自分の考えに集中しすぎてて、深見が風呂から上がってきたことに気づかなかった。

「ちょっとぼーっとしてたみたいです」

髪をタオルで拭きながら怪訝《けげん》そうにこちらの様子を窺《うかが》う深見に、夏澄は何でもないと首を振る。

「いつもの夏澄らしくないな。俺が部屋に入ってきたのも気づかないなんて。体調でも悪いのか？」

「そういうわけじゃありませんよ。今日は仕事が忙しかったし、ここ最近、寝不足なもので、疲れているだけです」

届いたばかりのメールについて深見に相談してもよかったのだが、下手に大事《おおごと》にするのも、どうかと思った。だから夏澄は、ちらりと深見に視線を向けたあと、わざとらしくこめかみを揉んで話を誤魔化したのだ。

夏澄の言葉に大いに心当たりのあるらしい男は、しかし、反省することなくにやりと笑った。

「それは大変だ。有能な秘書殿に倒れられたら困るから、今日はもう寝よう。看病は任せろ。手取り足取りいろいろとしてやるぞ？」

なんだかノリノリで答えられてしまい、夏澄は凄《すさ》まじい脱力感に襲われて、再びため息をつく。

そんな言われ方をしてもちっとも嬉しくない。

——体を労《いたわ》られているはずなのに、むしろ不安しか覚えないのはどういうこと？

今の深見に看病なんてされた日には、夏澄の安静は保証されないだろう。

何をされるかわかったものじゃない。

むしろ、限界まで体力を削り取られることだけは確実だ。

「社長のお気持ちだけ、ありがたく頂いておきます」

ソファに座ったままじっとりとした眼差しで見上げてそう言えば、深見は「何だつまらん」と肩を竦《すく》め、艶《あだ》っぽい流し目をこちらに向けてくる。

本当に何をする気だったんだと、思わずにはいられない。

これ以上、余計な話をしていれば、それこそ看病を口実にさっさとベッドに引きずり込まれそうだ。

肌を重ねることが嫌なわけではないが、ここ最近の爛《ただ》れた生活に、腰と体力が限界を訴えているのも事実だ。

「私もお風呂入ってきますね」

少し頭を冷やしたいし、お風呂にでも入って、ゆっくりしてこよう。

そう思って、夏澄はソファから立ち上がり、深見が出てきたばかりのバスルームに向かって歩き出す。

「社長？」

深見の横を通り過ぎる間際、夏澄は腕を掴まれて立ち止まった。

「本当に何かあったわけじゃないんだな？　体調は？」

「何にもありませんよ？　体がだるいのは本当ですけど？」

夏澄は悪戯《いたずら》っぽく微笑んでそう告げる。

「それならいいが……」

一瞬、眉間に皺《しわ》を寄せた深見はそう言って夏澄の腕を掴んでいた指の力を緩《ゆる》めた。

「お風呂入ってきますね」

「ああ」

今度こそとバスルームに向かおうとしたが、再び腕を掴まれ、深見に引き寄せられる。

「待ってるから、早めに上がってこい」

額にキスのおまけつきでそう言われて、顔が赤くなる。

「……休ませてくれないんですか？」

「体調は考慮してやるから心配するな」

「全く信用できないんですが？」

「……努力はする」

正直すぎるその言葉に、夏澄は思わず笑ってしまった。

「笑うことないだろう？」

「だって……」

クスクスと笑っていると、ちょっとばつが悪そうに深見が夏澄の腕を離した。

「なるべく早く上がってきますね」

早口でそれだけ言い残して、夏澄はさっさとその場を逃げ出す。

駆け込んだバスルームの鏡に映る自分の顔は、呆れるくらいに真っ赤に染まっていた。

こんな顔をしておいて、拒んだところできっと説得力なんてない。

口ではなんだかんだ言いながら、深見を拒めない、拒む気もない夏澄にも問題があることはわかっている。

火照《ほて》る体と気持ちを落ち着かせたくて、夏澄は深く息を吐き出した。

いろいろと思うところがないわけじゃない。

でも、深見が夏澄のためを思って隠していることをわざわざ暴くのもどうかと思った。

夏澄は、ちゃんと深見が話してくれるまで待とうと決めた。

†

そのメールは、会議で深見が社長室を空けているのをまるで見計らったかのように、夏澄のタブレットに届けられた。メールを開いて中身を確認した瞬間に、夏澄の眉間に皺《しわ》が寄る。

「これはさすがに無理かな……」

あまりの不快感にひどい眩暈《めまい》がした。

――いやだ。怖い。気持ち悪い。

どっと重い疲労感が押し寄せてきて、仕事中にもかかわらず夏澄は思わずデスクの上に肘をついて額を乗せた。

ショックに崩れていきそうな体をなんとか支える。

こういった嫌がらせには慣れているつもりではあったが、これは種類が違う。

案の定、あの日以降も警告とタイトルの付けられたメールが頻繁に夏澄のもとに届いていた。

最初のうちは二、三日に一通だったものが、ここ一週間は毎日届く。それも一通や二通ではなく、日によっては十通近く来ることもある。その内容もどんどん過激になってきていた。

『お前は彼にふさわしくない』

『身の程知らず。どんな手で彼を束縛しているんだ』

『早く彼の前から消えろ!!』

そして、今、新たに届けられたメールを確認した夏澄は、もうこれは自分一人の胸の内に収めておくのは無理だと思った。

今日のメールにはタイトルがなく、本文には『警告は終了した』と書かれていた。

それだけではなく、添付ファイルがついていた。

念のためにウィルスチェックをしたあとにファイルを開くと、それはたくさんの写真だった。

最初の数枚しか見ていないが、それら全部に夏澄と深見が写っていることだけは確認できた。

仕事中に深見と行動している姿や、休日に深見と一緒にいるもの。それだけじゃなく、どうやって撮影したのか深見の自宅で二人で過ごしている写真まである。

完全な隠し撮りで、そのどれもがいつ撮られたものなのか夏澄にはわからない。

だがこの写真が最近のものであることは着ているスーツや、深見の自宅の写真からもわかった。

何よりも夏澄に打撃を与えたのは、深見と一緒に写る夏澄の顔だけがすべて執拗《しつよう》なまでに切り刻まれていたことだ。

切り刻んだ写真をわざわざデータ化して送ってくる犯人のその執念にぞっとした。

メールが送られてくるくらいなら、いつものことと気にしないようにしていたが、自宅の隠し撮りまでとなるともう夏澄の胸の内に収めるのは無理だ。

この写真は本当に警告が終了したということなのだろう。

――大丈夫。社長が戻ってきたら相談すればいい。まだきっと間に合う。

そう自分を励まして、なんとか自分の心を立て直す。

なんとか眩暈《めまい》が治まった頃、ノックと同時に秘書室の扉が勢いよく開け放たれた。

「夏澄ちゃん！　ご飯食べに行こう!!」

道場破りでもしそうな勢いで入ってきたのは、今日も元気な孝之だった。

「会長……」

いつもと変わらない孝之の姿に、夏澄は力なく微笑んだ。

「ん？　どうした夏澄ちゃん？　顔色が真っ青だぞ？　体調でも悪いのか？」

孝之の顔が心配そうなものに変わる。

きっと今の夏澄は相当ひどい顔色をしているのだろう。

自分でも顔から血の気が引いている自覚はある。

敏《さと》い孝之がそれに気づかないわけはない。

真っ先に夏澄の体調を心配するあたり、やっぱり深見と親子なんだなと夏澄は納得していた。顔を覗き込む仕草までそっくり。

そう思ったら、なんだか張りつめていたものが一気に緩《ゆる》んだ。

泣きたくもないのに、自分でもびっくりするくらいの涙が溢《あふ》れ出す。

「か、夏澄ちゃん!?」

突然泣き出した夏澄に、孝之が慌てたように声を上げた。

「どうした!?　何があった？　あのバカ息子が今度は何をやらかしたんじゃ？」

「……ち……がい……ます……すい……ません……ちょ……っと、待っ……」

深見のせいで泣いているわけではないと伝えたいのに、嗚咽《おえつ》でうまく言葉にならない。

しゃくりあげる夏澄に、孝之があたふたとスーツを叩いて、ハンカチを探し出す。

「と、とりあえずこれ使って。そんなに泣かないでおくれ……わしは女の子に泣かれるのが一番困る！」

「あ、ありが……と……うご……ざ……います」

差し出されたハンカチを受け取って、夏澄はなんとか泣きやもうと努力をするが、なかなか涙は止まってくれなかった。

まるで子どもみたいに号泣する夏澄を、見るに見かねたのだろう、孝之がデスクを回り込んで夏澄の肩を引き寄せる。

「どんなことでも力になるからわしに話してごらん？　わしは夏澄ちゃんの味方だから」

泣いている子どもをあやすように、ぽんぽんと何度も頭や背中を撫でられて、しゃくりあげていた夏澄の呼吸が落ち着きを取り戻す。

「……すいません。会長。取り乱してしまって……」

まだ涙は止まっていなかったが、なんとかまともに話せるようにはなった。

「おぉ。よかった。ちょっとは落ち着いたみたいじゃな」

孝之がホッとした笑みを見せて、夏澄の涙にそっとハンカチを押し当て、拭《ぬぐ》った。

「それで、一体どうしたんじゃ？」

「クソ親父!!　夏澄に何をしてる!!」

事情を尋ねてきた孝之の言葉に覆《おお》いかぶさるように、深見の怒声が聞こえてきて、夏澄と孝之はほぼ同時に振り返る。

振り返った先、秘書室の入り口で、仁王立ちした深見と、その背後であちゃーと額に手を当てる戸田がいた。

「さっさと夏澄から離れろ!!」

ずかずかと大股で歩み寄ってきた深見が吐き捨てるように言い、夏澄の腕を掴んで引き寄せる。

夏澄を腕の中に囲い込み孝之から庇《かば》うと、「クソ親父、夏澄に一体何をした？」と低く問い詰め始めた。

「お前こそ今度は一体何をやらかした？　バカ息子」

いきなり一触即発《いっしょくそくはつ》の状態で睨《にら》み合う二人に、夏澄はびっくりしすぎて、今度こそ涙が止まる。

「俺は何もしてない!!　夏澄を泣かせたのは親父だろうが!!」

「わしも何もしてない!!　わしの顔を見た途端に夏澄ちゃんがいきなり泣き出したんだ!!　どう考えてもお前が原因だろうが!!」

「何だと!?　どういうことだよ!!」

「わしが知るか！　このバカ息子!!　ようやく落ち着いたと思った途端に夏澄ちゃんをまた泣かせおって!!　事と次第によったら許さんぞ！」

「それはこっちのセリフだ！」

「何だと！　やるかこのバカ息子!!」

「望むところだ!!　クソ親父!!」

「二人とも落ち着いてください!!」

止める間もあらばこそ。誤解から始まった親子喧嘩《げんか》を呆然と見ていた夏澄は、ようやく我に返り、慌てて割り込む。

「誤解させて申し訳ありません！　私が泣いてたのは、社長が原因でも、会長が原因でもないので、とりあえず落ち着いてください!!」

今にも孝之に殴りかかりそうな深見のスーツの袖を掴んで夏澄は必死に引き留める。

「だったら何が原因だ!?　一体何があった!!」

怒鳴るように質問されて、夏澄の体が反射的にびくっと竦《すく》んだ。

それに気づいた深見が、「……悪い。本当に何があったんだ？　このクソ親父に何をされたんだ？」と、泣いたせいで赤くなっている夏澄の目じりに触れながら、問いかけてきた。

「私が泣いたのは、会長が原因ではないです」

あくまでも孝之に原因を求めようとする深見に、夏澄は首を振って否定する。

「そうじゃ！　そうじゃ！　わしは何もしてないぞ!?」

「うるさい!!　だったら、どうして夏澄がこんなに泣いてるんだ!?」

「それはお前に原因があるに決まってるだろうが！」

再び、ヒートアップし始めた孝之と深見に、「ハイハイ。そこまで!!　とりあえず二人とも一回、落ち着いたほうがいいと思うぞ？」と戸田がのんびりとした声音で割って入った。

「会長も、良一さんも大人げないですよ？　そんなギャーギャー騒がれたら、伊藤君が話したくても、まともに話せるわけないでしょ。それにここで怒鳴り合っていたら、二人の大声が廊下まで筒抜けになりますよ？　親子で伊藤君を取り合ったなんて醜聞《しゅうぶん》を外にばらまきたくなかったら、今すぐ、口を閉じて大人しく社長室に移れ」

立て板に水とはまさにこのこと。ニコニコと微笑んだまま、有無を言わせない雰囲気で戸田は社長室を指さす。全く目が笑っていない真っ黒い微笑みに、深見も孝之もばつが悪そうに無言で頷いた。

「伊藤君。泣いているところ悪いが、四人分の珈琲《コーヒー》を淹《い》れてくれないか？　俺はちょっとこのおっさんとガキに向こうで説教してくるから」

戸田は砕けた口調でそう指示を出した。

だが、これは戸田なりの気遣いだと夏澄は気づく。

いまだに気持ちが高ぶっている夏澄に、落ち着かせる時間をくれるための口実だろう。

「ありがとうございます。珈琲淹れてきますね」

夏澄は戸田に頭を下げると自分を抱きしめる深見の腕を軽く叩いて、離してくれと合図する。

「夏澄……」

心配そうな深見に、夏澄は大丈夫だと頷く。

「珈琲を淹れたらちゃんと説明します。あちらで待っていただけますか？」

「わかった」

戸田が二人を連れて社長室に入り、夏澄は秘書室の片隅にあるキッチンスペースで、四人分の珈琲《コーヒー》を淹《い》れるために、お湯を沸かした。

お湯が沸くのを待つわずかな間に、夏澄は泣いたせいで崩れた化粧を手早く直す。

これ以上、皆にみっともない顔を晒《さら》すのは、さすがに恥ずかしい。

いつもどおりにネルを準備して、珈琲豆をセットしているうちに、心が落ち着きを取り戻してきた。

頭を冷やす時間をくれた戸田には感謝だ。

──あとで戸田さんに、ちゃんとお礼を言わなきゃ。

まさか、自分でもあんな風に、いきなり泣き出すとは思っていなかった。

気にしていないつもりでいても、毎日送られてくるメールに、自分でも気づかないうちにストレスをためていたのだろう。

それがあの写真がきっかけで爆発した。思ってもみなかった形で向けられた悪意に、夏澄は混乱したのだ。少し冷静になった今ならわかる。

外での様子を写真に撮られるのなら、許せないにしても、まだ納得はできる。

だが、写真の中には深見の自宅で過ごしているものまであった。全部をちゃんと見たわけではなかったが、明らかに外から撮影したとは考えられないアングルの写真も紛れ込んでいたのだ。

それはつまり、二人の身近にいる人間の仕業だと言っているようなものだった。

深見の部屋に入れるような人間が、夏澄にあんな悪意を向けてきたのだと思うと、泣きたくなるほどの不安を覚えた。

深見との関係を受け入れられない人もいるだろうとわかってはいたが、ここまではっきりと悪意を向けられると、さすがに心が傷ついた。

夏澄は丁寧に四人分の珈琲を淹れて、お茶請けのお菓子を用意する。

ワゴンに全部をセットしてから、夏澄は一呼吸ついた。

自分の心が落ち着きを取り戻していることを確認し、社長室にいる三人のもとへ向かう。

「失礼します」

ノックをして社長室の扉を開けると、戸田に説教されたせいか、深見と孝之は、戸田から視線を逸らして不貞腐《ふてくさ》れたようにソファに座っていた。

戸田と深見の二人は幼馴染《おさななじみ》で、悪友だったらしい。戸田は孝之にも容赦がないが、深見にはもっと容赦がなかった。

ワゴンを押して部屋の中に入ると、三人の視線が一斉に向けられて、夏澄は頭を下げた。

「先ほどは、みっともないところをお見せして申し訳ありませんでした」

「そんなことはない。もう大丈夫なのか？」

「はい。大丈夫です」

こちらを気遣う深見に、夏澄は頷いて三人に珈琲を配る。

そして勧められるままに深見の横の席に着いた。

「それで？　一体、何があったんじゃ？　夏澄ちゃんがあんな風に泣くなんてよほどのことだろう？」

心配そうに孝之に尋ねられて、夏澄は努めて平静を装い微笑む。

「ご心配をおかけしました。説明するより先にこちらを見ていただいたほうが早いと思います」

先ほど送り付けられてきたメールと写真を、三人に見せるようにタブレットを差し出した。

「これは……」

「……」

メールと写真を確認した三人の顔が深刻なものに変わる。

三人は無言ですべての写真を確認していく。深見の自宅で過ごす二人の写真を見つけた男性陣の表情は、一気に険しくなった。

社長室に重い沈黙が落ちる。

「……いつからだ？」

静かに深見に問いかけられて、夏澄はこれまでの経緯を説明する。

「最初のメールが届いたのは二週間ほど前です。その時は、ただの警告で社長と別れろというだけの内容でした。これがそうです」

タブレットを操作し、証拠として保存していたフォルダを開いてメールの内容を見せる。

「ずっと同じようなメールが毎日、数通ずつ届いていましたが、今日になってこの写真が添付されてきました。さすがにびっくりして、みっともないところをお見せしてしまい……申し訳ありません」

「謝る必要はない。だが、何故最初のメールが来た時点で、俺に相談しなかったんだ？」

「同じようなことは今までも何度もありましたから、あまり気にしてなかったんです。むしろ、この程度のことで気晴らしできるならいいかと甘く見てました」

「ん？　今までもってことはこの相手以外にもいるのかい？」

夏澄の言葉に孝之が不思議そうに問いかけてくる。

昔の深見の所業を報告してもいいのか一瞬迷ったが、孝之も戸田も知っているだろうと夏澄は腹をくくる。

ちらりと深見を見上げると、深見も気になっているのか視線だけで、どういうことだ？　と問いかけていた。夏澄の態度に戸田は事態を察したのか、面白がるような表情を浮かべている。

「……社長秘書になって以降、社長とお付き合いがあった女性たちからこういったメールはよく送られてきたので……」

「昔からうちのバカ息子が迷惑かけていたんだね。すまんね。夏澄ちゃん」

「良一さんの悪行はよく耳にしていましたよ。今までも本当に大変でしたね」

二人が呆れた眼差しを深見に向けながら、夏澄の過去の苦労を労《いたわ》ってくれる。

まさか、そういう事情だと思っていなかったらしく、深見はきまり悪そうに夏澄たちから視線を逸らした。

「それで、夏澄ちゃん。そういったメールを送ってきた中に、ここまでしそうな人間はいるかい？」

孝之が再び写真を示しながら問いかけてくるのに、夏澄は首を振る。

「いえ、私が把握する限り、ここまで悪質な方はいなかったと思います。でも、社長のほうには心当たりがあるんじゃないですか？」

夏澄の言葉に、深見が眉根を寄せた。

むっつりと黙り込んだ深見に、夏澄はやっぱりと思った。

メールが来た時点でなんとなく気づいていたが、深見のほうにも何らかの被害が出ているのだろう。

そして、深見はこの写真の送り主を知っている。

直感にも近いものだったが、深見の態度に夏澄は確信する。

写真を見た時点で深見は夏澄に『いつからだ？』と問いかけてきた。その態度に、不自然なものはなかったが、まるで何かが起こることを予期していたように開始時期を確認してきたことに、夏澄は小さな違和感を覚えていた。

「良一？」

孝之も深見の態度に何かを感じ取ったのか探るような眼差しを向けるが、深見は腕を組んで黙ったまま何も答えようとしない。

「良一さん、ここまできたらもう隠すのは無理じゃないですか？　こんな写真を撮られているし、伊藤君に実際の被害が出てからじゃ遅い」

何かを知っているらしい戸田の促《うなが》しに、深見はじろりと戸田を睨《にら》みつけた。

「どういうことじゃ？　戸田は何かを知っているのか？」

「良一さんに頼まれて、ちょっとした調査をしていました。良一さんのもとに、このメールと似たような文面で、いろいろと面白い郵便物が送られてきています。その送り主を調べていました」

「戸田！」

あっさりと暴露した戸田に、深見は咎《とが》めるような声を上げたが、戸田は気にした様子もなくゆったりと珈琲《コーヒー》を飲んでいる。

夏澄と孝之の視線の集中砲火を受けて諦めたのだろう、深見は大きなため息をつくと立ち上がって、自分の机に向かった。

そして、夏澄でも滅多に触れることのない鍵のかかる引き出しから書類一式を取り出し、三人のもとに戻ってくる。

「犯人は多分、この女だ。加藤《かとう》マリヤ。国会議員の加藤清三《せいぞう》の子で、一応職業はモデル。数か月前からストーカーのように俺に結婚を迫ってきている。相手にしていなかったら、ここ一か月半ほど脅迫状めいた手紙や郵便物を頻繁に送り付けてくるようになった。ただ、こういった脅迫じみた行動はマリヤ自身がやってるんじゃなく、どうも金で人を動かしてる節がある。警察に届けるにはグレーゾーンな行動ばかりで、はっきりとマリヤがやったという確証は掴めてない。尻尾を隠すのがうまくて今まで捕まえられなかった。厄介なことにマリヤの父親は警察にも顔が利くらしく、今までもマリヤが引き起こしたトラブルをもみ消してきたようだ。父親としてはあわよくば俺を娘の婿にしてうちとの繋がりを強く持ちたいというのと、可愛い娘のわがままをかなえてやりたいというのもあるんだろう。夏澄と婚約が決まってからもいろいろと横やりが入ってる」

淡々と説明してはいるが、その分深見の怒りが深いことを夏澄は感じていた。

深見は怒れば怒るほどに、冷静になるタイプだ。

自分のプライベート空間にまで侵入されたことに、相当に腹を立てているようだ。

見せられた書類には何枚かの写真が添付されていた。

その写真に写っていたのは夏澄も知っている女性——以前深見に結婚を迫って別れたはずのモデルの彼女が写っていた。

歴代の深見の恋人たちの中でも、一番夏澄に対するあたりがきつく、会うたびに凄い眼で睨《にら》みつけてきていた。彼女であれば、この写真の執念も納得できる気がした。

「それで良一。この子とお前は本当に付き合ってなかったんだな？」

「ああ。さっきも言ったが、父親の顔を立てて、何回か食事に行っただけだ。付き合ってもいないのに、自分以外の女と一緒に出かけるな、今すぐ自分と結婚しろと要求してきた挙句、夏澄のことをあしざまに罵《ののし》って秘書から今すぐ外せと喚《わめ》き出したから、ふざけるなと早々に父親に釘を刺して会うのをやめた」

苦虫を噛み潰したような表情を浮かべて彼女との関係を説明したあと、深見は隣に座る夏澄に向かって、これは嘘じゃないからなと念を押してくる。

今さら、深見がこんなことで嘘や誤魔化しを口にするとは思っていなかったが、夏澄は少し驚いてもいた。

――てっきり彼女と付き合っているのかと思っていたけど、違ったんだ……

彼女と会うのをやめた理由が、結婚を迫られたからではなく、夏澄を秘書から外せと要求されたせいだったことも意外だった。

「犯人はわかった。それで良一。これからどうするんじゃ？　このまま黙ってるつもりか？」

「そんなわけあるか！　住居不法侵入に、盗撮、脅迫。ここまできて黙ってるほど、俺は寛容じゃない。今度こそきっちり証拠を掴んで、警察に突き出してやる。てことで、親父、しばらくの間、戸田を貸せ。こういった調査には戸田の力が必要だ」

「わかった。仕方ないな」

頷き合う親子に、戸田は呆れたように、「私はモノじゃないんですよ？　勝手に貸し借りしないでくださいよ」と文句を言いながらも了承した。

それから、四人でいくつかの対策を話し合って、解散となった。

†

「嫌になってないか？　俺との結婚……」

仕事が終わったあと、盗撮されている部屋に戻るのは危険ということで、夏澄と深見は急遽《きゅうきょ》ホテルに泊まることになった。

高層階にあるスイートルームからの夜景を窓辺に立って眺めていた夏澄は、その言葉に振り返る。

ソファに座りワインを開けていた深見は、いつもの俺様ぶりはどこへやら。見たこともないほどに思い詰めた顔をしていて、夏澄はこんな時なのに思わず笑ってしまった。

「なんで笑うんだ？」

「社長がおかしなこと言うからですよ」

夏澄は近づくと、深見の横に座ってその肩に頭を持たせかける。

ちょっとだけ深見に甘えたい気持ちになっていたし、珍しく落ち込んだ様子を見せる深見を甘やかしたくもあった。

すぐに深見の手が伸びてきて、深見の膝の上に座らされる。

ここまでしてほしかったわけじゃないのだが、夏澄よりもむしろ深見のほうが落ち込んでいるのだろうと察して、好きにさせた。

あのあと、戸田の手配で専門の調査会社を深見の自宅マンションに入れたところ、やはり深見のマンションには盗撮用のカメラ、盗聴器が巧妙に仕込まれていた。

二十四時間有人管理で、コンシェルジュサービスも充実し、セキュリティもしっかりしているあのマンションに一体どうやって侵入したのかは今もって不明だが、そこまでできるマリヤの行動力には正直ぞっとした。

念のために社長室や夏澄のマンション、その他、深見や夏澄に関わりのある場所なども捜索された。結果、夏澄のマンションからも同様のものが発見されたと報告を受けていた。

盗撮のことはびっくりしたし、怖いとは思ったが、夏澄は深見が言うように、別れたいとか、結婚を取りやめたいとは思ってなかった。

深見の顔を見つめる。

膝の上に座っているせいで、いつもは見上げている端整な顔が、夏澄の目線より下にあるのが、ちょっと不思議だった。深見の額にかかる前髪を梳《す》く。

「社長と付き合うって決めた時からある程度は覚悟してましたよ？」

その言葉に深見は苦笑いでため息をつくと、夏澄の胸に顔を埋めてきた。夏澄は何も言わずに、ただ深見の髪を梳《す》き続ける。

「見捨てられてないことを喜ぶべきなのに、なんだか複雑だな」

今日は本当に弱気になっているらしい。

「過去の俺は褒められた人間じゃなかったからな……特に女関係は……」

「過去にするにはまだ時間がそんなに経ってないと思いますけど？」

深見の言葉に夏澄は呆れた。いくら何でも、つい数か月前の自分を過去にするには早すぎる。

夏澄は梳《す》いていた深見の髪を引っ張って咎《とが》める。

「慰《なぐさ》めてくれないのか？」

「私が慰める必要がありますか？」

苦笑を深めた深見が、夏澄を見上げてくる。その表情はやはりどこか力がない。

こんなことがあったら、夏澄が深見との付き合いを考え直して、また逃げるのではないかと心配しているのだろう。

深見のどうしようもない弱さも、ずるさも、夏澄は知っている。

すべてを知ったうえで、深見を愛したのだ。

「以前の社長の女性に対する扱いは最低で、決して褒められたものじゃないと思います。でも、それを私が責めるのも、許すのもおかしな話なので、ご自身でちゃんと反省してください」

「今日の夏澄は手厳しいな」

「そうですか？」

「ああ……いつになく厳しい」

あまりにもへたれている男を慰《なぐさ》めたくて、夏澄は深見の髪を再び優しく梳《す》く。

写真を受け取った当初は夏澄のほうが打撃を受けていたが、夏澄は時間が経つうちに立ち直っていった。反比例するようにへこんでいったのは深見だった。

何故か原因であるはずの男を慰めている状況のおかしさに、夏澄は苦笑する。

いつも強気な男が、夏澄の前でだけ見せる弱さが愛おしいのだと言ったら、深見はどういう反応をするのだろう？

そう思ったが、弱ったふりでますます夏澄を振り回すことが目に見える気がして、余計なことを言うのをやめる。

その代わり、多分、今深見が一番聞きたいだろう言葉を告げた。

「今さら、こんなことで離れていきませんよ」

「本当か？」

「写真の件はびっくりしましたけど、だからといって、社長との付き合いをやめるつもりはありません」

ここ以外にはもうどこにも行けませんよと深見の額にキスをしながら囁《ささや》いて、その形のいい頭を抱きしめる。

夏澄からの不意打ちに、落ち込んでいたはずの男の瞳が輝き出す。

「だから、そんなに落ち込まないでください」

「だったら、意地悪を言ってないで、ちゃんと慰めてくれ」

慰めが効きすぎたのか、さらに甘えたことを言い出した男の手のひらが、夏澄の肌の上を這《は》う。

夏澄はさしたる抵抗もせずにその手を受け入れた。

いつもの俺様な顔に戻った深見に、夏澄は微笑む。

弱っている深見も珍しくて嫌いじゃないが、こうして不埒《ふらち》に傲慢《ごうまん》に甘えてくるほうが、安心する。

そんな自分もたいがいどうかと思いながら、夏澄は慰めを求める男の唇にそっと口づけた。

すぐに離すつもりだった口づけは、しかし、強引な男の舌に絡め取られて、一気に深くなる。

「う……ぅん！　……だ……め……！」

抗議のために声を上げたが、最後まで言わせてもらえずに、舌に声を絡め取られた。

互いに抗議の言葉は形だけだと知っていた。

差し入れられた深見の舌を吸って応じれば、さらに強く抱きしめられる。

あっさりと火のついた官能に突き動かされるように、深見が夏澄を腕に抱えたまま立ち上がった。

「きゃあ！」

急に高くなった視線に、咄嗟《とっさ》に目の前の太い首に腕を回してしがみつけば、深見はにやりと笑う。

「しっかりと慰《なぐさ》めてもらおうか」

すっかり回復した様子の男に、夏澄は呆れた眼差しを向けてため息を一つ。

「社長はちょっとくらい落ち込んでるほうが、可愛いですね」

「何とでも言ってくれ。せっかく堅物《かたぶつ》の秘書殿が体を張って慰めてくれると言ってるんだ。こんな絶好の機会を逃すなんてもったいないこと、できないだろう？」

その言葉に一体、何をさせる気だとぎょっとして、深見の腕の中で足をばたつかせる。

しかし、深見は、夏澄の抵抗などものともせずに「こら、暴れるな。落ちるぞ？」と言いながら、歩みを進める。

「明日も仕事なので、できればお手柔らかにお願いしたいのですが……」

「善処はするが、期待はするな。明日は仕事を休んでいいから、安心しろ」

「それ、全く安心できないです」

上機嫌で言われた言葉にがっくりと項垂《うなだ》れると、深見が楽しげに笑った。

寝室のベッドに横たえられながら、今度から深見がへこんだ時は、あまり甘やかすのはやめようと心に決める。

でも、その決意はきっと簡単に覆《くつがえ》される未来も想像がついた。

結局、なんだかんだ言いながら、夏澄はこのずるくてひどい男に甘いのだ。

「夏澄」

名前を呼ばれて、夏澄は覆《おお》いかぶさってきた男を強く抱きしめる。

「ちゃんと慰めてあげますから、明日は責任とってくださいね……」

不埒《ふらち》な言動で回復したように見せながら、その実、夏澄に向かった攻撃の刃を防ぎきれなかったことに落ち込んでいるらしい深見。そんな彼に額をこつりと合わせて囁《ささや》けば、その瞳が驚きに瞠《みは》られた。

「……すべてお見通しか。夏澄には敵わないな」

嘆息まじりに囁いた男は、夏澄の体の上で脱力した。だがすぐに、腰にしがみ付いた腕の力が強くなり、夏澄の胸に甘えるように、その形のいい頭が擦《こす》りつけられる。

くすぐったさに夏澄は小さく笑って、強張《こわば》る深見の肩と背中をゆったりと撫でさすった。

落ちる沈黙はどこまでも、穏やかだった。

深見がふぅーと長いため息をつく。夏澄の胸に顔をうずめたまま、「俺は結婚したらそのうち夏澄の尻に敷かれるんだろうな」と呟いた。

「どういう意味ですか？」

深見に振り回されるのはいつも夏澄だというのに、その言葉はちょっと承服しかねた。

「わからなかったら、わからないでいいよ」

ちょっとむっとすると、深見が笑い出す。

その笑いに、今度こそ深見の気持ちが回復してきたことに気づいてホッとする。

笑っている深見を見ているうちに、なんだか怒っているのが馬鹿らしくなってきて、気づけば夏澄も笑っていた。

「夏澄のことは、俺がちゃんと守るから。これからもずっと傍にいてくれ」

そんな当然のことを呟いた深見を、夏澄は腕の中に閉じ込める。

それだけで俺は強くなれる。

そんな囁《ささや》きが聞こえた気がした。

夏澄が傍にいることで深見が強くなれるというのなら、それは夏澄も一緒だ。

二人は抱きしめ合って口づける。

「社長がどんなに身勝手でも、ずるくて、弱くても、ずっと好きですよ」

「……今日の夏澄はやっぱり手厳しい」

互いの額を寄せ合い、吐息の触れる距離で囁く。情けなさそうに眉尻を下げる男に、夏澄はさらに笑った。

男の背中を抱きしめれば、夏澄の体を抱く男の腕も強くなる。

心が弱くなっている時は互いの肌のぬくもりに癒《いや》しを求める。

そんな夜があってもいいだろう。

徐々に高まる肌の熱を感じながら、夏澄は大人しく深見の腕に、その身を委《ゆだ》ねた。

†

戸田の調査の結果、深見のマンションに盗撮用のカメラを設置したのは、深見が定期的に入れていた清掃業者の社員の一人だった。

マリヤに誘惑されて言いなりになっていた彼は、戸田の追及にあっさりと白状したらしい。

清掃業者の社長は、社員が仕出かした不祥事にすっ飛んできた。真っ青になって脂汗《あぶらあせ》をかきながら詫びを入れた社長には悪いが、彼の証言によって一連の騒動の犯人が加藤マリヤであることが確定された。

それから一週間ほどは表面上何事もなく過ぎた。今まで毎日、執拗《しつよう》に送られてきていたメールも、深見や夏澄の部屋から盗撮カメラや盗聴器が撤去されてから、ピタリと止まっていた。

その沈黙が、不気味と言えば不気味ではあったが、夏澄はあまり気にしないようにしていた。

夏澄には念のために孝之の紹介で身辺警護の人間がつけられた。

島田《しまだ》という四十代のそのボディガードは昔からの深見の知り合いらしく、二人は気軽に言葉を交わしていた。

島田は、穏やかな雰囲気で礼儀正しく、身辺警護などの荒事に向かないように見えたが、その道ではプロらしくそこそこ有名だと孝之が太鼓判を押してくれていた。

「夏澄。悪いが、部屋に帰ったら珈琲《コーヒー》を淹《い》れてくれないか？」

スイートルームへと続く短い廊下を進みながら、疲れた様子で深見がそう言った。

今日は取引先との商談で移動が多かったせいか、深見はいつもよりも疲れた顔をしていた。また偏頭痛《へんずつう》を起こすのではないかと夏澄は心配になる。

深見が疲れているのは仕事のせいだけじゃないことも知っていた。

詳しいことはあまり教えてもらえないが、せっかくいろいろと証拠を掴むことができたのに、事の元凶であるマリヤの行方《ゆくえ》が掴めないらしい。

戸田と二人、仕事をしながら彼女からの嫌がらせに神経を尖らせているせいで、さすがの深見も疲れを隠せない様子だった。

こんな時はお酒よりも甘いもののほうがいいだろう。

「わかりました。ルームサービスで何か甘いものも頼みましょうか？」

「ああ。いいな。頼む」

甘いものに目がない深見が、夏澄の言葉に表情を緩《ゆる》めた。

「夏澄も一緒にどうだ？」

「いいですね。ちょっと冷たいものが食べたいので、アイスでも頼もうかな」

「俺は今、無性に生クリームが食べたい」

「でしたらケーキでも頼みましょうか？」

「そうしてくれ」

「島田さんもご一緒にどうですか？」

周囲の安全を確認しながら少し前を歩く島田に夏澄は声をかけるが、「私はどうも甘いものが苦手で……」と島田は苦笑して首を振る。

他愛のない話をしながら、三人は部屋の前に辿り着いた。

異変は部屋の中に入って、すぐに気づいた。

誰もいないはずの部屋の中に人の気配を感じて、深見と島田の間に緊張が走る。

険しい表情を浮かべた深見が島田が止める間もなく、大股でリビングに入っていく。

島田が慌てて深見のあとを追うのに続き、夏澄もリビングに入ると、「お帰りなさい。随分、遅かったのね。待ちくたびれちゃったわ」と艶《つや》やかな女性の声が三人を出迎えた。

男たちの背中越しに見えたリビングの異様な光景に、夏澄は唖然とする。

あろうことかリビングのソファに真っ赤なキャミソールドレスを纏《まと》い、すらりと長い足を組んだ女性――マリヤがワイン片手にくつろいだ様子でテレビを見ていたのだ。

ルームサービスでも頼んだのだろう、テーブルの上にはオードブルまで並んでいる。

それだけ見ればホテルでくつろぐグラマラスな美女という光景だが、夏澄を最も驚かせたのはマリヤの周囲の光景だった。ソファやテーブルの周りには印刷された紙のようなものが切り刻まれて大量に撒き散らされていた。

それがメールに添付されていた写真だと気づいて、夏澄はぞっとした。

マリヤはこちらを振り返り深見の姿を認めると、瞳を輝かせて満面の笑みを浮かべた。

一歩間違うと下品と取られかねないほどの派手なドレスを着こなすその様《さま》は、さすがモデルだと思えたが、この状況でうっとりとした微笑みを浮かべ深見を出迎える様子はどこか異常に思えた。

「ここで何をしている?」

「良一。久しぶりね。今日もお仕事お疲れさま。全然、会ってくれないし、変な噂を聞いたから、話がしたくて部屋で待っていたの」

低く、怒気を孕《はら》んだ声で問いかける深見を気にする様子もなく、マリヤはひどく嬉しげな表情で立ち上がり、深見のもとに歩み寄ってきた。

まるでこの部屋には深見と彼女しかいないかのように、マリヤは深見だけを見つめている。

咄嗟《とっさ》に島田がマリヤの行動を遮《さえぎ》ろうとしたが、深見は手を上げて、夏澄の傍にいるように合図した。

いくら若い女性相手とはいえ異様な雰囲気を醸《かも》し出している彼女に丸腰で相対《あいたい》するなんて無謀すぎると、夏澄は心配したが、深見は平然としていた。

深見に歩み寄ったマリヤはその首に腕を回して抱き着くと、強引にキスを仕掛ける。

マリヤのいきなりの行動に、夏澄はぎょっとして固まったが、深見は顔色ひとつ変えずに、顔を背けマリヤを押しのけた。

「あん！　久しぶりの再会なのにつれないわね！」

キスを拒まれたマリヤは深見の首にぶら下がったまま甘えた声を上げ、深見にそのグラマラスな体を押し付けた。

迷惑そうな顔をした深見は、自分の首にかかったマリヤの腕を掴み、乱暴ではないものの抵抗を許さない力で引き剥《は》がした。

「俺はここで何をしているのか、聞いてるんだが？　どうやって入った？」

「そんなことどうでもいいじゃない？　久しぶりに会ったんですもの。もっと楽しいこと話しましょうよ」

一語、一語、区切るようにはっきりと発音して深見はもう一度マリヤに問いかけたが、彼女は深見の問いをまともに聞かず、小首をかしげた妖艶《ようえん》な仕草で再び深見の首に抱き着こうとする。

今度はマリヤの動きを予想していた深見が一歩後ろに下がり、その腕を振り払った。

ふらついたマリヤは二、三歩後ろによろめいたあと、ソファの横に落ちていた写真の小山に足を取られて尻もちをついた。

「痛い……！　ひどいわ!!　どうしてこんなことするの？　せっかく会いに来たのに!!」

マリヤは深見に振り払われた腕を抱えると、駄々をこねる子どものように床を叩いてヒステリックな声を上げ始めた。

——一体どうしたの……？　この人……

以前、深見と付き合いのあった頃も、マリヤにはいろいろと嫌味を言われたし、嫌な思いもした。だが、こんな風にヒステリックに喚《わめ》き散らす様子は見たことがなかった。

ただでさえ、勝手にホテルの部屋に侵入し、人の写真を切り刻むという行動は常軌《じょうき》を逸しているのに、「ひどい！　ひどい！」と顔を真っ赤してヒステリックに喚く様《さま》は夏澄の想像を超えていた。

顔が美しいだけにその異常さが際立っているように見えて、夏澄は怖くなる。

さすがの深見も、マリヤの異常さに顔をしかめて目線だけで島田と語り合う。

その動きにつられるように、マリヤが夏澄のほうを見た。

マリヤと夏澄の目が合う。

その瞬間、向けられたのは狂気を孕《はら》んだ眼差しだった。

「あんたのせいで‼　ずっと気に食わなかったのよ‼　たいして可愛くも美人でもないのに、良一にまとわりついて‼」

それまでは夏澄と島田などいないかのように振る舞っていたのに、今は憎悪の視線が真っ直ぐに夏澄に向けられている。

その視線のあまりの強さに夏澄の体が竦《すく》んだ。

島田が動いてマリヤを取り押さえようとしたが、それよりも早くマリヤが動いた。

「そうよ‼　あんたなんていなきゃいいのよ‼」

まるでいいことを思いついたというように喜色を滲《にじ》ませたかと思うと、写真の山の中に落ちていたらしい鋏《はさみ》を手に取り、マリヤが素早く立ち上がった。

「夏澄！　危ない‼」

その後の出来事はすべてがスローモーションのように見えた。

島田が夏澄を庇《かば》うように前に出た。マリヤに近い場所にいた深見が、突進してくるマリヤを止めようとその腕を掴んでもみ合った。

次の瞬間、足元に散らばった紙くずに深見の足が取られて、バランスが崩れた。

二人が縺《もつ》れ合うように床に倒れ込む。

「……っぐう！」

深見の低い呻き声が聞こえた。

「社長!!」

すぐに島田が深見から暴れるマリヤを引き剥《は》がして拘束する。そうして見えた光景に夏澄は絶叫する。

目の前で起きた出来事が信じられなかった。

夢だと思いたかった。悪い夢だと……

深見の太ももに深々と鋏が突き立てられていた。

夏澄は言うことを聞かない足で、よろよろと深見のもとに近寄った。

深見のスラックスが見る間に、赤く染まっていく。

その光景を見たマリヤが笑い出した。

「あはは……!!　いい気味!!　私じゃなくて、こんな女を選ぼうとするからよ!!　天罰よ！」

マリヤが何かを喚《わめ》いていたが、夏澄はそれどころじゃなかった。

「島田さん!!　その人を黙らせて!!」

耳障りなマリヤの甲高い笑い声にそう叫ぶと、夏澄は深見の傍に膝をついて、傷の様子を確認する。

「社長！」

夏澄の呼びかけに、苦痛に脂汗《あぶらあせ》をかき瞼《まぶた》を閉じていた深見が、目を開け、大丈夫だというように笑った。が、その顔がすぐに痛みに引きつる。

マリヤが倒れた時に一緒に体重もかかって刺さったのか、大ぶりな鋏は刃の半ばまで深見の太ももに埋まっていた。

「かす……み……ここで……転ぶなんて……俺も年だな……」

「馬鹿ですか!?」

こんな時に、ふざけたことを言う深見を、夏澄は怒鳴りつける。

その間にも、深見の傷からどんどんと出血してきて、あたりに血のにおいが充満する。

――どうしよう？　どうすればいい？

冷静になろうと思いつつ、目の前の衝撃的な光景に思考は空転する。

刺された時に刃物は抜いてはだめだということをかろうじて、思い出す。

同時に足の傷は軽傷と油断しそうになるが、大腿部には太い動脈があり、そこが傷ついてしまえば出血死を招く可能性があることまで思い出して、夏澄は泣きたくなった。

そのことを裏付けるように、刺された深見の太ももからは出血が続いている。

とりあえず止血しなければと、夏澄は半ばパニックになりながら深見のネクタイをほどき、鋏《はさみ》が刺さっている部分の少し上で太ももを縛り付けようとした。だが、指が震えてうまく力が入らない。

――早く……！　早くしなきゃ!!

こんな時に役に立たない自分の指が、ひどく腹立たしい。

――どうして、ちゃんと動かないのよ!!

「夏澄、落ち着け……俺は……大丈夫だから……」

ショックで言うことを聞かない体にいらだちを見せる夏澄に、深見は子どもに言い聞かせるように穏やかな声音で話しかける、深見の顔色は完全に血の気が失せていて、白茶《しらちゃ》けていた。

その顔色に、夏澄の不安はますます煽《あお》られる。

――泣いている場合じゃない！　落ち着け。落ち着け!!

このまま深見が死んでしまうのではないかという不安と恐怖に襲われる。

だが、ここで夏澄が泣き喚《わめ》いたところで、事態が悪化するだけだ。

奥歯を噛んで動揺を堪《こら》え、なんとか深見の太ももにネクタイを巻き付けた。

「代わります。伊藤さんはすぐに救急車を手配してください」

夏澄がもたもたしている間に、マリヤの手足を拘束し終えた島田が、夏澄の手からネクタイを取り上げ、深見の太ももを縛り上げる。

夏澄は島田に言われるままに、震える指で携帯を取り出すと一一九番に通報した。

『消防です。救急ですか？　消防ですか？』

「救急です。人が……人が刺されました」

『現在地とお名前、住所をお願いします』

今いるホテルの住所と深見の容体を答えているうちに、夏澄の興奮も徐々に治まりをみせる。

なんとかすべてのことを救急隊に伝えて夏澄は電話を切った。

夏澄が電話している間に、島田はホテル側にも深見が刺されたことを連絡し、浴室から大量のタオルとシーツを運んできた。

シーツを裂いて、ネクタイの上からさらに止血しようとする島田を夏澄も手伝う。

今度は指が震えずに、しっかりと島田の動きをサポートできた。

不十分ながらも止血できたことにホッとした瞬間、涙が溢《あふ》れそうになって夏澄は再び奥歯を噛みしめた。

カチカチと耳障りな音が聞こえてくる。こんな時に何の音だろうと思ったら、自分の歯が鳴る音だった。

怖い。怖くて、たまらない。

夏澄たちができる応急手当はすべて終わり、あとは救急隊を待つだけとなった。何もできない時間がひどく長く感じた。

時間にしたら多分十分もかかってない。

だというのに、一分が永遠にも思えた。

「夏澄……」

震えて歯を鳴らし続ける夏澄に、深見が手を伸ばしてくる。

夏澄はすぐさま深見の手を握った。その手の異常な冷たさに、どうしようもない不安が襲ってくる。

「俺は大丈夫だから……そんなに心配しなくていい。夏澄に泣かれると俺はどうしていいのかわからなくなる」

「だったら！　だったら!!　こんな馬鹿なこと、二度としないでください!!」

怒る夏澄に、深見が安堵したように笑う。

泣いているよりも、怒っているほうが安心するというその態度に、腹が立つ。

どうして、この人は、いつも、いつも、夏澄をこんなにも心配させるのだ。

深見の大丈夫という言葉を信じたくて、夏澄はその手を握りしめる。

血の気を失って冷たくなったその手を少しでも温めたかった。

ほどなくして、ホテルの従業員と一緒に救急隊員、警察官が駆け付けてきた。

救急隊員の姿を目にした深見が、気が緩《ゆる》んだのか瞼《まぶた》を閉じる。

それまでは、島田からの応急処置を受けながらも、普通に会話をして、夏澄に大丈夫だと言い聞かせていたが、限界だったのだろう。

深見の意識が途切れたのがわかった。

深見は毛布にくるまれてストレッチャーに乗せられ、急いで救急車へと運ばれた。

夏澄は救急隊のあとに続き、深見と一緒に救急車に乗り込む。島田は警察への事情説明のために、その場に残った。

すべての処置が終わり、救急車で病院に運ばれる間、寝台からだらりと下がった深見の手を、夏澄はそっと掴んで握った。

反応がない深見の手を、夏澄は強く、強く握り締める。

――神様。お願いです。この人を奪わないで……どうか、どうかお願いします!!

†

深見が運ばれたのは、かかりつけになっている総合病院だった。

到着してすぐに深見は、早足の看護師たちの手によって救命救急の外来処置室に運ばれた。

「ご家族の方ですか？」

深見が処置室に入ってすぐに、出てきた看護師に尋ねられて夏澄は首を振る。

「緊急手術になると思います。手術と輸血の同意書にサインが必要になりますが、お願いできる親族の方に至急連絡は取れますか？」

「ご家族には連絡します。間に合わなければ同意書は私が書きます」

「原則、サインができるのはご家族の方だけです」

「私は彼の婚約者です」

自分でもびっくりするくらいきっぱりと、夏澄は看護師に告げていた。

夏澄の言葉に看護師は「少々お待ちください。確認してきます‼」と言うと、急《せ》いた様子で処置室に引き返した。すぐにクリップボードに挟んだ書類の束を手に、戻ってくる。

「医師に確認が取れました。こちらにサインをお願いします」

いつもの習慣で、書類の中身を確認するが、文字が上滑《うわすべ》りして内容が頭の中に入ってこない。

右大腿部の動脈が損傷している可能性があり、出血が多い。輸血が必要。すぐに手術になる。

看護師が言葉でも説明してくれるが、嫌な予感を感じさせる単語だけが、耳に入ってきて眩暈《めまい》がしそうだった。

それでも夏澄は言われるままに、震える手を叱咤《しった》して同意書にサインを書いていく。

すべての同意書にサインが終わると、看護師は夏澄に救急外来の外にある待合室で待つように言って、再び処置室に戻っていった。

その背を見送り、夏澄はズルズルと待合室の片隅にある硬いソファの上に座り込む。

膝の上に手を組み、額を押し付けた。

そうしないと体の震えが止まらなくなりそうだった。

下を向くと、夏澄のスーツがところどころべったりと赤黒く汚れている。

スーツだけじゃなく、夏澄の指も手も同様に汚れていて、一瞬、これは何だろうと思う。だがすぐに、深見の応急処置の時に付いた血の染みだと気づいた。

その途端、それまで必死に堪《こら》えていた涙が一気に溢《あふ》れ出した。

こんなに出血して、深見は大丈夫だろうか……

輸血の同意書にサインしたということは出血がひどいということだ。

真っ青を通り越して、白茶《しらちゃ》けていた深見の顔色を思い出すと、夏澄はたまらない気持ちになった。

黙ってじっと座っていると、叫び出してしまいそうで、何か、自分にもできることはないかと夏澄は必死に頭を巡らせる。

——そうだ……連絡……会長に連絡しなきゃ……

冷静なつもりでいても、やはり頭は混乱していた。

一番大切な相手に連絡をしていないなんて。

夏澄はなんとか心を落ち着かせようと自分を叱咤《しった》する。

しゃくりあげる呼吸を落ち着かせるために、大きく息を吐き出してから、震える手を動かして、スマホを取り出した。

しかし、涙で霞《かす》んで画面がうまく見えない。

ぐいっと無理やりスーツの裾で涙を拭《ぬぐ》って、夏澄は孝之のプライベート用の携帯番号を呼び出した。

『夏澄ちゃんか⁉』

ワンコールも待つことなく、慌てた様子の孝之が電話に出た。

『事情は島田君に聞いた。今どこだね？』

「いつもの総合病院の救急外来です。今、処置室で、多分、手術になると思います」

『わかった！　わしらも、病院に向かう‼　すぐに行くから待っててくれ！』

「はい」

それだけ言うと、慌ただしく電話が切られた。

ただ待つしかない苦痛の時間がやってくる。

今、深見のために夏澄ができることは、無事を祈ることだけだ。

深見は絶対に大丈夫だと自分に言い聞かせながら、彼を失うかもしれない恐怖と戦う。

もう時間の経過もわからなくて、今が何時なのかも曖昧《あいまい》だった。

時々、慌ただしく人が出入りするたび、心臓が竦《すく》むような思いを味わう。

足早に近づいてきた靴音に、顔を上げると、病院に駆け込んできたのは、孝之と戸田だった。夏澄はのろのろと立ち上がり、二人を出迎える。

「夏澄ちゃん！」

「会長……」

夏澄の姿を認めると孝之は年齢に見合わない機敏さで、こちらに駆け寄ってきた。

「良一は？」

「今、手術中です。大腿部の動脈を傷つけてるらしくて……出血がすごくて……」

孝之に説明しながら、先ほど見た深見の様子を思い出して、再び涙が止まらなくなる。

嗚咽《おえつ》で言葉がつまりうまく話せない夏澄を、孝之は抱きしめる。

「そうか。わかった。一人で不安だったろう。駆けつけるのが遅くなってすまなかったね」

「すい……ませ……ん。ご……め……な……さい……私のせい……で……」

泣きながら謝る夏澄を落ち着かせようと、孝之は夏澄を待合室の硬いソファの上に座らせる。

「何を言ってるんだ。夏澄ちゃんは何も悪くないだろう？　そんなに泣かなくても大丈夫だから……憎まれっ子世《よ》に憚《はばか》るっていうだろう？　女に刺されたくらいで良一がくたばるとは思えん」

憎まれ口をたたいて夏澄を慰《なぐさ》めてくれているが、深見の身を心配しているのは孝之も同じだろう。

その顔色は真っ青だった。

「そうですよ。幸せの絶頂にいるところでくたばるなんて、良一さんらしくない。意地でも伊藤君と結婚しようとこの世に踏みとどまりますよ」

戸田までも孝之の尻馬《しりうま》に乗って、そんな風に夏澄を慰《なぐさ》めてくれる。

二人の優しい気づかいに夏澄の涙がますます止まらなくなる。

「大丈夫だ。良一は絶対に大丈夫だから……」

夏澄の背中を撫でる孝之の手はひどく温かかった。その手に夏澄は縋《すが》りつきたくなる。

――きっと、絶対に、社長は大丈夫……

そう言い聞かせていないと、まともに息をすることも難しかった。

そのまま三人は無言になって、深見の無事をひたすらに祈り続けた。

†

数時間後――

救命外来の処置室の扉が開き、中から出てきた医師に、三人はカンファレス室に呼ばれた。

「手術は無事に終わりました。右の大腿部の動脈を掠っていたせいで出血がひどかったですが、状態は安定しています」

医師の説明に夏澄たちの間にあった緊張が緩《ゆる》んだ。

「先生。息子は？」

「今はＩＣＵで経過を見ています。麻酔が切れて意識が戻れば問題ありません。深見さんは運が良かった。あと一センチでも深く刃先が埋まっていれば、動脈を完全に切断して失血死もありえましたが、応急処置が早かったこともあって、ことなきを得ました」

「そうですか……ありがとうございます。息子をよろしくお願いします」

孝之が医師に頭を下げる。つられるように夏澄も一緒に頭を下げた。

ＩＣＵでの面会は原則家族だけだったが、孝之の計らいで夏澄も許された。

入室時に使い捨てのガウンとマスクをつけ、深見が眠る場所に向かう。

頭の中が真っ白で、歩くたびに足元がひどくふわふわとして頼りない。

自分がちゃんと歩けているのか自信がなかったが、それでも夏澄は足を前へ、前へと踏み出す。

深見は無事だと聞かされているのに、その姿を確認するまで生きた心地がしなかった。

案内された一角に孝之と一緒に辿り着く。看護師が何か説明している。

言葉は言葉として聞こえるが、内容はさっぱり頭に入ってこない。

夏澄の目には眠る深見の姿しか見えていなかった。

こめかみがどくどくと脈打って、頭が痛くなるほどに、深見の様子を凝視《ぎょうし》する。

深見の胸が上下に規則正しく動いているのが見えた。

酸素マスクをつけ、いろいろな計器に繋がれてはいるものの、深見の呼吸は穏やかで医師の言うとおり状態が安定していることが素人目《しろうとめ》にも見て取れた。

――生きてる……社長は生きてる。

そう思ったら膝から崩れ落ちそうだった。

「おっと……！　危ない。夏澄ちゃん、大丈夫かい？」

ふらついた夏澄を支えてくれたのは、真横に立っていた孝之だった。

「すいません。安心したら気が抜けて……」

「だから、言っただろう？　うちのバカ息子は絶対に夏澄ちゃんを置いていったりはせんよ」

そう言う孝之の瞳にも安堵のせいか、涙が滲《にじ》んでいた。

ベッド脇に用意された丸椅子に夏澄は腰かける。

血の気が引いて青ざめた顔。真っ白な肌に、意外に長い深見の睫毛《まつげ》が影を落としている。その姿がやけに儚《はかな》くて、夏澄は再び不安に襲われそうになる。

ベッドの上にのっていた手にそっと触れれば、刺された時とは違い、ちゃんと温かかった。

生きた人間のぬくもりに、夏澄は深見がどういう状況かも忘れて、全身で取りすがりそうになる。

かろうじて残っていた理性に押しとどめられ、代わりに深見の手のひらを額に押し付けた。

——ありがとうございます。神様。ありがとうございます。

安堵と感謝とそのほかいろいろな感情が入り混じった思いで、夏澄は声を殺して泣いた。

†

深見は一度意識を取り戻した。

麻酔からはっきりと醒《さ》めきってないせいか、どこかぼんやりとしていたが、夏澄や孝之の姿を認めると、「あんまり泣くな……」と呟いた。

こんなに夏澄が泣いているのは、一体誰のせいだと思ったが、何よりもちゃんと深見が意識を取り戻したことに胸を撫で下ろした。

ほんの数分だけ会話し、深見は再び眠りについたが、医師はもう大丈夫だろうと太鼓判を押してくれた。

その後、夏澄は孝之や戸田の勧めで、病院の傍にあるホテルに部屋を取った。

深見がもう一度意識を取り戻すまで付き添っていたかったが、夏澄のスーツが血まみれだったこともあり、一度着替えて少し休んだほうがいいと説得された。

深見に何かあったらすぐに連絡するという孝之の言葉に頷いた夏澄は、戸田に送られてホテルへと移動した。

「伊藤さん！」

「島田さん……」

ホテルに到着するとロビーで島田が待っていた。

「深見会長に頼まれて、伊藤さんの荷物をホテルから持ってきました。荷造りはホテルの女性スタッフにお願いしたので安心してください」

差し出されたのは深見が刺されたホテルに置いたままになっていた荷物だった。

「お手数をおかけしました。ありがとうございます」

「いいえ、頭を上げてください。私がついていながら、あんなことになってしまい申し訳ありませんでした」

夏澄に荷物を差し出したあと、島田が深々と頭を下げた。九十度近い本気の謝罪に夏澄は首を振る。

「いいえ。あれは島田さんのせいじゃありません。あれは社長が無謀すぎたんです。社長も無事でしたし、あまり気になさらないでください」

「ありがとうございます」

頭を上げた島田は、深見が無事と聞いて安堵した様子で表情を緩《ゆる》めた。

「彼女は……？」

気になっていたマリヤのことを尋ねれば、島田の眉間に皺《しわ》が寄る。

「警察に引き渡してきました」

「そうですか……」

深見が刺されたのは事故ではあったが、あの時のマリヤの行動はどう考えても常軌《じょうき》を逸していた。

彼女が警察にいると聞いて、安堵すると同時に、心がざわつくような感覚も夏澄は感じていた。

——今、彼女のことを気にしても仕方ない。あとは警察に任せよう。

島田から荷物を受け取った夏澄は、戸田に促《うなが》されるままに部屋に向かった。

部屋の中まで送ってくれた戸田は、夏澄を部屋の入り口に残すと、念のためにと不審者がいないか部屋中を確認してくれた。

誰もいないことを確認した戸田に、「俺はちょっと会長に頼まれた買い物とかしてくるが、伊藤君は何か必要なものある？」と尋ねられ、夏澄は首を振る。

「そうか。一時間くらいで戻ってくるが、ちゃんと休むんだよ。部屋の外には一応、島田さんについてもらうことになっている。何かあればすぐに彼を呼ぶんだ」

「はい。ありがとうございます」

「じゃあ、ゆっくり休んで」

夏澄の肩をポンと叩くと、戸田は部屋を出ていった。

一人になると、どっと疲労が押し寄せる。夏澄はとりあえずお風呂に入ろうと、浴室に向かった。体がひどく重い。シャワーよりもお風呂に入ったほうがいいだろう。

バスタブに湯が溜まる音を聞きながら、夏澄は島田が持ってきてくれた荷物を開けて、着替えを取り出し、再び浴室に戻る。そして、脱衣所に備え付けられていたバスタオルと部屋着を脱衣かごに入れた。

先に化粧を落とそうと思って、クレンジングオイルを手に取った夏澄は、鏡に映った自分の顔に苦笑を漏らす。

目の下にはクマができ、泣きすぎたせいで化粧も崩れて、瞼も腫れている。そのうえ、スーツは血まみれで、髪も乱れていた。

これでは孝之たちに休むように言われるはずだ。

こんな姿でずっと病院で待機していたのかと思うと恥ずかしくなってくるが、今更どうしようもない。

次に病院に行く時は、少しはまともな姿で行こう。

自分に気合を入れてそう決めると夏澄は化粧を落とし、アメニティとして脱衣所に用意されていた使い切りパックの化粧水で肌を整えた。

ちょうどバスタブにもお湯が溜まったので、島田が持ってきてくれた荷物の中にあったお気に入りの入浴剤を放り込む。浴室の中に、ふわりと甘い花の香りが漂った。

湯船に体を沈める。緊張に強張《こわば》っていた筋肉がゆっくりとほぐれていくのがわかった。

やっと人心地ついた気持ちで瞼《まぶた》を閉じると、ほどよく体が温まったせいで眠気が押し寄せてくる。

だが、ここで眠ってしまうわけにはいかない。

閉じてしまいそうな瞼をなんとかこじ開けて、夏澄はバスタブから立ち上がる。

体と髪を洗って眠気を払うと、湯を落として風呂から上がった。

シャワーで軽くバスタブや浴室を洗い流し、脱衣所で髪を乾かす。

鏡に映った顔は先ほどとは違い、血色が戻ってきていた。

目の下のクマだけは消えそうにないが。

部屋着に着替えて脱衣所から出ると、ちょうど部屋のチャイムが鳴った。

「はーい」

「伊藤君。俺だ。戸田だ」

「今開けます」

夏澄が扉を開けると、戸田が荷物を手に部屋に入ってきた。

「ああ、顔色がよくなったな。これ、外で買ってきたから、食べるといい」

夏澄の顔色を見て微笑んだ戸田が、手に持っていた紙袋を手渡してくる。

「ありがとうございます」

受け取って中身を確認すると、サンドイッチと野菜スープのカップが入っていた。

「いただきますね」

戸田の言葉に甘えて、夏澄はさっそく取り出し、食べ始める。

「それを食べたら少し横になったほうがいい」

「いえ、食事が終わったら病院に戻ります」

「良一さんならもう大丈夫だ。それよりも今は君のほうが倒れそうな感じだ。二時間したら起こしてあげるから、少しでも横になったほうがいい。今君が倒れたら大変だ。あのわがまま大王は大人しく入院なんてしないだろう。ストッパーが必要になるし、その役割は伊藤君じゃないとできない。頼むからここは俺の言うことを聞いてくれ」

戸田にここまで言われては従わないわけにはいかなかった。

「……わかりました」

深見に何かあったら絶対に起こすという戸田に、夏澄は強制的にベッドに追いやられる。

神経が高ぶっていて眠れる気は全くしなかったが、体は正直だった。

ベッドに横になった途端、夏澄の意識は途絶えた。

†

約束どおり二時間後に起こされた夏澄は、深見のもとに向かった。

病院に戻ると深見はいまだに眠っていた。短い覚醒を何度か繰り返し、今はまた眠ったところだと孝之に聞かされる。

「夏澄ちゃん。あとは任せた。わしはちょっと外の対応をしてくる」

「わかりました」

孝之は夏澄と交代すると、せわしない様子で戸田と一緒に外に飛び出していく。

深見が刺されたことがマスコミに漏れて、ニュースになっていた。

このままでは株価にも影響しかねず、グループ全体の指揮を執る人間が必要だった。深見が動けない今、それは孝之しかいない。本来であれば夏澄もその対応に追われるべきではあるのだが、今は深見の傍についているようにと孝之が配慮してくれた。

ベッドに眠る深見は、酸素マスクも外され、最後に見た時よりも顔色がよくなっている気がした。

穏やかな寝息を立てる深見の頬にそっと触れる。

無精ひげが伸びた肌は、少しざらりとしていた。

唇に触れると、指先に温かい息が触れた。

深見が生きている証拠に、夏澄はまた泣きたくなる。

「社長……」

眠る深見にそっと呼びかけると、その睫毛《まつげ》が小さく震えた。

まるで夏澄の声が聞こえたかのように、深見が瞼《まぶた》を開いた。

ゆらゆらと揺れていた視線が夏澄を真っ直ぐ捉える。

「——……夏澄」

掠れた小さな声。ほとんど声になっていなかったが、確かにその唇が夏澄の名前を紡いだ。

唇が震えて、視界が涙に滲《にじ》んでしまう。

「……くっ」

次に深見が目を覚ました時は、ちゃんと笑いかけようと決めていたのに、その決意はもろくも崩れた。

「だから……泣くなと何回も言ってるだろう」

「誰の……せいだ……と思ってるんですか……」

「俺は大丈夫だったろう？」

「そういう問題じゃありません!!」

泣きながら怒る夏澄に、深見が笑った。

「俺、夏澄が泣いている顔は見たくないが、怒ってる顔は好きだな」

「……こんな時に何を言ってるんですか!? ふざけないでください!! 意味がわかりません!!」

「だって、普段は大人しい夏澄が怒る原因は、たいがい俺のことだろう？ それだけ俺が特別だと思うとなんだか気分がいい。怒ってる時の夏澄の頭の中は、俺のことでいっぱいだ」

「……っ‼」

この状況で言うにはあまりにあまりな言葉に、夏澄は口をパクパクと開閉させる。

——信じられない。馬鹿。最低。私の心配を返せ‼

言いたいことはたくさんあるはずなのに、うまく言葉にできず夏澄は唸《うな》り声を上げた。

そんな夏澄に深見が笑みを深めて、手を伸ばしてくる。夏澄の頬に深見の手のひらが触れる。

その手のひらに夏澄は頬を押し付けた。

温かいそれに、自分がこの手を失わずに済んだことを実感する。

またこうして、くだらない軽口をたたき合える。

それがどんなに嬉しいことか、この人はわかっているのだろうか？

夏澄がどれだけ心配したと思っているのだ。

「俺は死なないよ……夏澄をおいては絶対に死なない」

不意に真面目な顔をした深見が、夏澄の涙を親指の腹で拭《ぬぐ》いながらそんなことを言った。さっきまであんなに飄々《ひょうひょう》としていたのに。

でも、いつもどおり夏澄を振り回す深見の様子に、じわじわとした喜びが広がっていく。

あんなに心配して泣いた、長い長い時間がまるで夢のように思える。

「どうして、そんなこと言えるんですか？　鋏《はさみ》を持って突進してきた女の人を止めようとして、転んだ挙句に刺されて、死にかけた人の言葉なんて信じられません」

素直になりきれずに、深見の手のひらに自分の手を重ねてそう言えば、深見が苦笑する。

「それを言われると耳が痛いが、俺は夏澄との約束は破らないよ」

「本当ですか？」

「ああ」

「絶対ですよ。もう二度とあんな危ないことはしないでくださいね」

「わかってる。俺は夏澄を絶対に置いていかない」

真摯《しんし》に告げられた言葉に、夏澄はやっと硬くなっていた表情を緩《ゆる》めた。

「ところで夏澄……」

不意に先ほどよりも真面目な表情を作って深見が呼びかけてくる。

「何ですか？」

嫌な予感に、夏澄はなんとなく体を引いた。

無意識に逃げようとする夏澄の手首を深見が掴む。

「王子様が目覚めるのはお姫様のキスで、と相場が決まっている」

茶目っ気たっぷりに今この場でキスをしろと迫られて、夏澄は絶句する。

――ここをどこだと思っているんだ。この人は……

「もう目が覚めてるじゃないですか」

「だめか？」

誘惑するように指先で腕を辿りながら囁《ささや》かれてしまうと、夏澄は強く拒めない。

「ここが病院だってわかってます？」

「だから？」

言葉で答えることができずに、夏澄は椅子から立ち上がる。

瞼《まぶた》を閉じた深見の上に屈《かが》んで、そっと唇を重ねた。

誰に見られるかわからない状況でのキスはひどく恥ずかしい。

掠めるように唇を奪ってすぐに逃げようとしたが、逃げる前に深見が夏澄の腕を引いた。

けが人とは思えない強い力に、危うく深見の上に倒れ込みそうになり、夏澄は咄嗟《とっき》にベッドに手をついて体を支えた。

「社長!!」

「もっと」

「無理です!!　人が来ます！　見られたらどうするんですか？」

「別に構わん」

ついさっきまで生死の境をさまよっていた人間とも思えない元気さとわがままぶりに、夏澄は呆れた。

しかし、いつもの深見そのものの様子に嬉しくなってしまって、本気で怒ることも、拒むこともできない。

「ごほん。ごほん」

再び唇が重なりそうになった瞬間、わざとらしい咳払いが聞こえて、夏澄は慌てて深見から離れようとした。

しかし、深見はしっかりと夏澄の手首を捕まえて、離そうとしない。

中途半端な姿勢のまま振り返ると、顔を赤く染めた看護師と担当医が居心地が悪そうにこちらを見ていて、夏澄は居たたまれない思いを味わう。

「元気そうですね。深見さん」

「足の痛み以外はすこぶる元気ですよ」

羞恥《しゅうち》のかけらもなく上機嫌に答える深見に、その場にいるほかの人間のほうが、恥ずかしくなる。

診察の結果、危篤《きとく》状態に陥《おちい》ったのはあくまでも失血によるものだったため、体の回復を待って、しっかりリハビリをすれば、後遺症もないだろうということだった。

その医師の言葉を報告すると、孝之も含めた社の人間全員が胸を撫で下ろしたのだった。

†

深見はその後二週間ほどで退院した。

医師も呆れるほどの回復力を見せた深見は、抜糸《ばっし》が済むとあとは通院でリハビリをすると言って、早々に退院を決めこみ、そのわがままを押し通した。

「お世話になりました」

さっさと荷物をまとめて、戸田に運ばせている深見に代わって、夏澄はお世話になった医師や看護師たちに挨拶をする。

「伊藤さん、深見さんが無茶しないように見張っていてくださいね。傷口がふさがっているといっても、無茶はいけませんよ。お忙しいとは思いますが、リハビリは最低でも週に四回は通ってください」

深見に言っても無駄だと思っているのか、医師と看護師は夏澄に対して、くれぐれも無茶をさせないようにと念を押し、退院後の注意点を説明してくれた。

「大丈夫です。無茶はしませんよ」

そう言う男の言葉が一番信用できないことを、この場にいる全員が知っていた。

戸田の運転で、深見と夏澄は深見の自宅マンションに帰ってきた。

念のためにと、深見の退院が決まったあとに部屋の捜索がされたが、今度は盗聴器などの問題はなかった。

あのあと、マリヤは逮捕され、そのまま今現在も拘束されている。ただ、警察でも彼女は常軌《じょうき》を逸した発言を繰り返しているらしく、精神鑑定が予定されているとのことだった。その結果次第では、精神病院への収監が決まるそうだ。

彼女の父親が警察に圧力をかけて事件をもみ消そうとしたが、マスコミに情報が洩れて、今回の事件が実名で報道されたため、現職国会議員の愛娘でモデルが引き起こしたストーカー事件として話題になってしまった。

今回の事件のせいで一時、深見グループの株価にまで影響が出たが、孝之と戸田が奔走《ほんそう》してくれたおかげで、大きな損害が出ることはなかった。マスコミへの対応も二人がおこなってくれたため、徐々に落ち着きを見せ始めている。

マンションに着くと、戸田は二人分の荷物を運び入れるのを手伝ってくれたあと、早々に社に戻っていった。

今もって忙しそうな戸田や孝之の手伝いをしたいと思うが、今の夏澄の仕事は深見に自宅療養をさせることだと二人に命じられていた。

夏澄が傍にいないと、どうせすぐに追ってきて面倒なことになると言われてしまえば、夏澄も反論できなかった。

「やっと帰ってこれたな」

部屋に入った深見は、ソファの上にどさりと座ると、ぐっと体を伸ばす。

「おかえりなさい」

荷物を片付けていた夏澄は、深見の様子に微笑んだ。

「珈琲《コーヒー》でも飲みますか？」

「頼む。夏澄のうまい珈琲が飲みたい」

「ちょっと待っててください」

夏澄がいつものように丁寧に珈琲を淹《い》れて戻ると、ここに座れと言うように深見が自分の横を示す。

まだ、荷物の片付けが残ってはいたが、退院直後の今日くらい一緒にいても罰《ばち》はあたらないだろう。

横に座って珈琲《コーヒー》を渡すと、深見はさっそく口をつける。

「やっぱり、夏澄の珈琲が一番うまい」

満足げな顔で珈琲を楽しむ深見に、夏澄は不意に泣きたくなった。

こうして、深見にもう一度、珈琲を淹《い》れられたことが嬉しくてたまらない。

滲《にじ》んできた涙を深見に気づかれたくなくて、夏澄は「荷物を整理してきますね」と口早に言って立ち上がったが、深見に手を掴まれて傍を離れることができなかった。

「どうも、最近、うちの秘書殿の涙腺が弱くて困るな」

夏澄の涙とその理由にとっくに気づいていたらしい深見が、からかいまじりにそう言い、夏澄を抱き寄せる。

「……だから、誰のせいですか」

「もちろん俺のせいだろうな。それ以外で夏澄が泣く理由なんてない」

どこか嬉しげにそう言う男に腹が立って、その背中を平手で叩くと、笑った深見が夏澄を腕の中に閉じ込める。

深見の胸に額を押し付けると、彼の力強い鼓動を感じた。

「俺は約束は必ず守る。だから、もうそんなに泣かなくてもいい」

「絶対に守ってくださいね……約束」

夏澄を置いていかない。そう約束したのは深見なのだから。

「ああ。もちろんだ」

即答する男の言葉はどこまで信用できるかわからない。

きっとまた同じようなことがあれば、深見は自《みずか》ら体を張ろうとするだろう。

そういう無鉄砲なところが深見にはあるのだ。

それでもこのどうしようもなく、わがままで身勝手な男の傍を離れられない自分を夏澄は知っていた。

きっとこの先も深見の無謀さに、時にハラハラし、時に怒りながらも離れられないだろう自分が簡単に想像できて、夏澄はため息をつく。

どれだけ振り回されても、この腕の中はどこよりも居心地がいいのだ。もう逃げ出す気もなくなるほどに。

「ところで夏澄。荷物を解《ほど》くよりも先にすることがあると思うぞ？」

夏澄がため息をついた直後にそう言われて、夏澄は何か急ぎの要件があったっけ？　と首を傾げた。

顔を上げると、吐息の触れる距離で、深見と夏澄の視線が絡む。

その瞳に宿るものに気づいた夏澄は、少しの焦《あせ》りと呆れを覚えた。

「……退院したばかりですよ？　過度な運動はダメだって、先生に言われましたよね？」

「過度じゃなければいいんだろう？」

医者の言葉を勝手に解釈している男の言葉に、夏澄は絶句する。

今まで何度も肌を重ねてきたが、それが過度じゃなかったことが一度でもあると思っているのだろうか？

入院するまで、毎日、毎晩、体力の限界に挑戦させられていた夏澄が反論しようとした瞬間、重ねられた唇にそれを封じられた。

触れた唇の熱さに、夏澄の理性が吹き飛ぶ。

長い、長い口づけを交わし合う。

互いの口腔《こうこう》内を探り合って、混じり合う唾液を飲み込む。

入院中も隙あらば触れてこようとした深見と、何度もキスはしていた。

だが、いつ誰が入ってくるかわからない状況に、夏澄はいつも落ち着かなかった。

誰の目も気にせずに唇を触れ合わせた今、夏澄は自分がひどく飢えていたことに気づく。

長い口づけに肌がどうしようもなく火照《ほて》っていた。

「俺のけがが心配なら、あまり暴れるな」

そんな身勝手なことを言う男に呆れてしまうが、手を引かれて寝室に向かうことを拒めはしなかった。赤くなった顔を俯《うつむ》けて、夏澄は素直に従った。

ベッドの上で、互いの服を脱がせ合う。

膝をついたら傷が開くのではないかと心配する夏澄に、深見はにやりと笑うとベッドの上に横たわって自分の体の上に夏澄を跨《また》がらせた。

「そんなに心配なら夏澄が動いたらいい」

深見にすべてを晒け出すその体勢に、夏澄の肌が羞恥《しゅうち》に赤く染め上げられる。

でも、下手に深見に動かれるよりはいいと夏澄は覚悟を決めた。

「重くないですか？」

「平気だ」

深見のその言葉を信じて、夏澄は体重をかけないように気をつけながら、深見に覆《おお》いかぶさる。

首筋に、そして鎖骨へとぎこちない仕草で口づければ、腰を抱かれて引き寄せられた。

密着した素肌はしっとりと汗ばんでいる。互いの肌が熱を持っているのがわかった。

「………んん」

深見の腰を跨ぐ足の間に、深見の指が差し入れられた。

軽く撫でられただけで、夏澄の秘所は蜜を零《こぼ》して、従順に花開く。

久しぶりの快楽に体から力が抜けそうになるが、夏澄は深見の腰を挟む足に力を入れて踏みとどまる。

一本、二本と指が増やされるたび、蜜がどんどんと溢《あふ》れて深見の体を濡らした。

感じすぎて乱れる呼吸を宥《なだ》めるように胸の頂《いただき》に口づけられる。

「あぁ……い……やあ！」

いきなり与えられた刺激に背筋が仰《の》け反り、バランスを崩しそうになって咄嗟《とっさ》に深見の頭を抱え込む。しかし、それはまるでもっと吸ってくれと言わんばかりに、深見の唇に胸の先を押し付ける結果となった。

乳首を噛まれて目の前に小さな火花が散る。

「あ、ぁ……ぁん」

制止しようとした指が、深見の癖のある髪をかき乱す。

三本に増やされた指に綻《ほころ》んだ粘膜を刺激され、たまらない快楽が夏澄を襲う。

いつも以上に体が急速に高ぶっていく。

ぶるぶると震える体を深見に押し付けて絶頂に上り詰めそうになった瞬間、指が引き抜かれた。

「あ、どう……し……て……」

絶頂の寸前で、不意に快楽がそらされて、驚きに声を上げる。

泣き濡れた瞳で深見を見つめると、優しい仕草で濡れた太腿を撫で下ろされた。内腿が痺《しび》れて、腰が砕けそうだ。

ひくりひくりと秘所の粘膜が蠢《うごめ》いている。虚《うつ》ろになった空洞を何かで埋めて欲しくてたまらなくなる。

「今日はあまり無茶はできないみたいだからな」

にやりと笑った男に腰の位置を調整されて、秘所に硬い熱が擦《こす》りつけられた。

深見の意図を察して、頭が沸騰《ふっとう》する。もう秘所に擦りつけられた楔《くさび》のこと以外、何も考えられない。無意識に腰が揺らめいた。

深見の肩に片手をついて、もう一方の手で後ろ手に深見の楔を支えると、その上に腰をゆっくりと下ろす。

夏澄の行動に深見が意外そうに目を開いた。

口では何と言っても、夏澄がこんな風に積極的に動くとは思っていなかったのだろう。

「いい眺めだな」

揶揄《やゆ》するような言葉を呟きながらも、その声音にからかう響きはなかった。

今、深見の目に一体どんな光景が映っているのか、想像するだけで体が疼《うず》いた。

羞恥《しゅうち》に理性が焼き切れる。

先端部分を受け入れた瞬間に、快楽が弾ける。かくんと膝が砕けて、一気に深見を呑み込んだ。

自分の体重のせいで、いつもより深く深見を呑み込んでしまい、その強烈な感覚に体が崩れる。

倒れ込んできた夏澄の体を深見が受け止めた。

「くっ……」

秘所の粘膜が複雑にうねって、深見の楔を締め付ける。たいして動いてもいないのに、それだけでひどく感じて夏澄は一気に絶頂に駆け上がった。

夏澄の体の下で深見もまた何かを耐えるように、小さなうめき声を上げる。

「はぁ、ぁ……はぁ……」

「大丈夫か？」

問われて夏澄は無言でうなずく。

痛みはなかった。ただ、満たされた幸せだけがそこにあった。

でも、それだけでは足りない。

もっと、もっと、強烈な悦楽が夏澄は欲しかった。

「あ……っ……ぃ……も……っと……」

腰からひっきりなしに甘い疼《うず》きが夏澄を襲う。

肌を炙《あぶ》られるような熱に煽《あお》られて、夏澄は荒い呼吸のまま、深見の腹に手をついて体を起こす。

「無理しなくていいぞ？」

夏澄は無言で首を振る。

無理ではなかった。体の奥から次々に駆け上がってくる熱をなんとか散らしてしまいたかった。

でも、それと同時にもっとこの甘い熱さに揺蕩《たゆた》っていたいとも思う。

矛盾した感情が夏澄の心をかき乱す。

荒い呼吸を繰り返しながら、夏澄は拙《つたな》い動きで腰を上下させ始める。

驚いた顔でこちらを見る男と視線を絡めれば、深見は獰猛《どうもう》な光を宿して微笑んだ。

「いいのか？」

「ぁ……きも……ち……ぃぃ!!」

恥じらいも忘れ、ただ、ただ、純粋に快楽を追って、夏澄はさらに腰をうねらせる。

深見の楔《くさび》が出入りするたび、蜜を零《こぼ》す粘膜が爛《ただ》れたように甘痒《あまがゆ》く感じて、余計に腰の動きを止めることができない。

「あぁ……ぁ……ぁ……」

背骨が蕩《とろ》けるような快楽に、かぶりを振って、夏澄は甘い泣き声を振りまく。

大胆な動きで腰を揺らして、快楽を貪《むさぼ》った。

体の奥が啜《すす》り込むように楔に絡みついて、締め付ける。

その瞬間、深見が痛みを堪《こら》えるような顔をした。

「痛い……の？」

夏澄の激しい動きが傷に障《さわ》ったのだろうか。慌てて腰の動きを止めようとしたが、深見は「大丈夫だ。痛くない」と言って首を振り、夏澄の腰を掴んで下から勢いよく突き上げてきた。

不意打ちの動きに、体が崩れて深見の上にがくりと崩れる。

「あぁ!!　だ……め……う、うご……い……ちゃ……」

深見の腹に手をついてなんとか体を起こしつつ、夏澄はやめてくれと懇願する。

「悪いな……もう我慢できない」

「いやぁ……！　だめ……！　い……っちゃ……うからダ……メ！」

体を起こした深見に背中を支えられて、足を抱え直される。下から激しく突き動かされて、夏澄は泣きながらやめてと訴えるが、深見の動きは止まらない。

「俺が持たないから、動かさせて……」

腰を突き上げ、荒い呼吸で告げる男は、夏澄のすべてを食い散らかしたいとでもいうような顔して、夏澄の耳朶《じだ》を噛んだ。

「……っんあ!!　ん、ん……ぁあ」

舌を噛みそうなほど勢いよく腰を抽挿《ちゅうそう》されて、激しく、甘い疼《うず》きを覚えた。

夏澄は深見の首に腕を回し、その動きに耐える。

忙《せわ》しない呼吸を繰り返す唇に、深見の唇が重なって、呼吸が奪われた。

目の前に、白い火花が散る。

再びの絶頂の予感に、夏澄は必死に深見にしがみ付く。

同時に深見も強い腕で夏澄の体を手繰《たぐ》り寄せ、柔らかい尻の肉をきつく掴んだ。

互いの体を隙間もないほどに密着させたまま、激しく腰を出し入れされる。夏澄の心臓が、壊れるかと思うぐらい激しく鳴っている。

深見を受け入れている下腹部がキュンキュンと疼《うず》いて、夏澄にたまらない快楽を与えた。

深見の腰に巻き付けていた太ももが痙攣《けいれん》したように震えたあと、唐突に夏澄の中の快楽が弾ける。

夏澄の視界が真っ白に染まる。

体の奥がどろりと濡らされたのを感じて、深見もまた放ったことを夏澄は感じていた。

どっと脱力した体を深見に受け止められる。

「う――」

深見の肩に頬を預けて呼吸を整えていた夏澄の唇から、ふいに低いうめき声が漏れた。

汗に濡れて乱れた夏澄の髪を梳《す》いていた深見が、「どうした？」と問いかけてくる。

「足……」

「足？」

「乗ってる」

「ああ。痛くもないし、大丈夫だ」

「本当？」

「ああ。大丈夫だから」

息が切れて、単語だけしか出てこなかったが、夏澄が言いたいことを察した深見が、笑いながら夏澄の背を叩いた。

けがをした深見に無茶をさせまいと思っていたのに、夢中になるあまり、気づけば夏澄は深見の足の上に座っている。

今からでも遅くないから、繋いだ体を解いて、深見の上から退《ど》くべきだと思うのに、絶頂に痺《しび》れた夏澄の体は言うことを聞いてくれず、指先一本動かせなかった。

「ごめんなさい」

「別に謝らなくてもいい。痛くもないし、むしろ気分がいい」

言葉どおりゆったりと笑う深見。本当に痛みを感じている様子はなく、夏澄はホッとする。

先ほどまでの激しさが嘘のように、濡れた夏澄の肌の上を辿る深見の指は、どこまでも優しい。

抱き合ったあとに、こうして肌を触れ合わせたまま、全部を深見に預け切る時間が夏澄は嫌いじゃなかった。

「良一さん……」

ぼうっとしたままぽつりと名前を呼んでみる。

「…………っ‼」

今まで、何度も呼んでくれと言われていたが、なかなか呼べずにいた下の名前。思いきって呼んでみれば、深見が驚いたように体を起こした。それがおかしくて、夏澄はくすくすと笑う。

「一体、どういう心境の変化だ？」

「呼んでみたかったんです……だめですか？」

上目遣いに見上げると、何故か顔を手のひらで覆《おお》った男が「だめじゃない。だめじゃないが……何で今このタイミングなんだ……」とブツブツと何かを言っている。

深見の耳朶《じだ》が赤く染まっていることに気づいて、夏澄はひどく意外に思いつつも顔を綻《ほころ》ばせた。いつも、いつも、夏澄を振り回す恋人が、夏澄の何気ない一言に動揺するさまに、くすぐったさを覚えて、瞼《まぶた》を閉じる。

途端、とろりとした眠りが夏澄に忍び寄る。

「あ！　こら！　夏澄‼　寝るな‼　これからもう一度だろう‼」

頭上で深見が何かを言ってるが、もう夏澄には届かなかった。

こうして、もう一度、深見の腕の中で眠ることができる幸せを噛みしめながら、夏澄の意識は途絶えた――

†

その日の空はどこまでも青く晴れ渡っていた。

雲一つない青空に、ひどく緊張していた夏澄も思わず見とれてしまう。

どれくらい空を見ていたのかわからない。

軽いノックの音に夏澄は我に返る。

夏澄が応《こた》えるよりも先に、「入るぞ」と男が勝手に入ってきた。

「良一さん」

咎《とが》めるように名前を呼べば、入ってきた深見は夏澄の姿をじっと見つめて、ため息をついた。

一瞬、自分の姿がおかしいのかと不安になったが、無言のまま歩み寄ってきた深見が、目を細めて微笑み、「きれいだ……」と呟くのが聞こえて、ホッとする。

「他の男に見せるのがもったいないな」

しみじみと言われて、ウェディングドレスを身に纏《まと》った夏澄は、恥ずかしさに俯《うつむ》く。

深見が夏澄のために誂《あつら》えたウェディングドレスは、マーメイドラインのシンプルなデザインだった。そのシンプルさが夏澄の清楚《せいそ》さを引き立てて、より美しく見せている。

何よりも深見に愛されている自信が、内側から夏澄を輝かせていた。

今日二人は晴れて結婚式を挙げる。

式の開始までもう少し。

本来であれば深見も自分の控室に戻らないといけないのに、夏澄のウェディングドレス姿を見た途端に、ここから動かないと決めたのか、式場のスタッフに自分もここにいると告げている。

あまりの熱々ぶりにスタッフの視線が呆れまじりになった気がして、夏澄はなんだかいたたまれない。

でも、相変わらず我が道を行く深見は、周囲の視線など気にしてもいない。

不意に、椅子に座る夏澄の手が取られた。

俯《うつむ》けていた顔を上げると、夏澄の手袋をした手に深見が口づける。

「夏澄……」

「はい」

「幸せになるぞ」

「はい」

端的に告げられた言葉に、夏澄も微笑みを浮かべて力強く頷く。

幸せにするではなく、幸せになるぞ。

その言葉がなんとも深見らしい気がして、緊張していた夏澄の心が弾んだ。

この手を握っていれば、自分はきっとどこまでも行ける。

今なら、月にだって飛んでいける気がした。

ずっと一緒に。これからも一緒に――

どこまでもこの人と一緒に歩いていこうと夏澄は決めた。

東野朱莉《ひがしのあかり》と二宮征司《さんのみやせいじ》は、人学の同級生で十年米の親友。今は同じ職場で働いており、仕事でもプライベートでも息がぴったり。朱莉はこれからもそんな関係が続くと思っていたのだけれど……。ある日突然、征司から告白されちゃった!? さらには野獣のように激しく迫られて──。

B6判　定価：640円＋税　ISBN 978-4-434-22072-2

B6判　定価：640円＋税　ISBN978-4-434-21996-2

女王として世継ぎを生まなければならないアナスタシア。けれど彼女は、身震いするほど男が嫌い！　日々言い寄ってくる男たちにうんざりしていた。そんなある日、男よけのために偽の愛人をつくったのだが……。ひょんなことから、彼と甘くて淫らな雰囲気に？　そのまま、息つく間もなく快楽を与えられてしまい——

定価：本体1200円＋税　　Illustration：den

没落令嬢フィリーネが嫁ぐことになった相手は、竜の血を引く王太子ジェスライール。とはいえ、彼が「運命のつがい」を見つけるまでの仮の結婚だと言われていたのに……。昼間の紳士らしい態度から一転、ベッドの上では情熱的に迫る彼。かりそめ王太子妃フィリーネの運命やいかに!?

定価：本体1200円+税　Illustration：ロジ

桜 朱理（さくらしゅり）
極度の活字中毒が高じて、2011 年より恋愛小説の投稿を開始。
外出時の必須アイテムは文庫本。推理小説と珈琲があれば幸せ。

イラスト：幸村佳苗

本書は、「ムーンライトノベルズ」（http://mnlt.syosetu.com/）に掲載されていたものを、改稿・加筆のうえ書籍化したものです。

blue《ブルー》 moon《ムーン》に恋をして

桜 朱理（さくらしゅり）

2016年 7月 31日初版発行

編集－塙綾子
発行者－梶本雄介
発行所－株式会社アルファポリス
〒150-6005 東京都渋谷区恵比寿4-20-3 恵比寿ｶﾞｰﾃﾞﾝﾌﾟﾚｲｽﾀﾜｰ5F
TEL 03-6277-1601（営業） 03-6277-1602（編集）
URL http://www.alphapolis.co.jp/
発売元－株式会社星雲社
〒112-0012東京都文京区大塚3-21-10
TEL 03-3947-1021
装丁イラストー幸村佳苗
装丁デザインーansyyqdesign
印刷－中央精版印刷株式会社

価格はカバーに表示されてあります。
落丁乱丁の場合はアルファポリスまでご連絡ください。
送料は小社負担でお取り替えします。

ISBN978-4-434-22224-5 C0093